내 귀에 해설이 들려

내 귀에 해설이 들려 2

설경구 현대 판타지 소설

초판 1쇄 찍은 날 § 2020년 5월 21일
초판 1쇄 펴낸 날 § 2020년 5월 28일

지은이 § 설경구
펴낸이 § 서경석

총괄팀장 § 노종아
편집책임 § 최이슬
디자인 § 소소연

펴낸곳 § 도서출판 청어람
등록번호 § 제387-1999-000006호
등록일자 § 1999. 5. 31
어람번호 § 제1-3051호

주소 § 경기도 부천시 부일로 483번길 40 서경B/D 3F (우) 14640
전화 § 032-656-4452 팩스 § 032-656-4453
http://www.chungeoram.com
E-mail § chungeorambook@daum.net

ISBN 979-11-04-92192-6 04810
ISBN 979-11-04-92190-2 (세트)

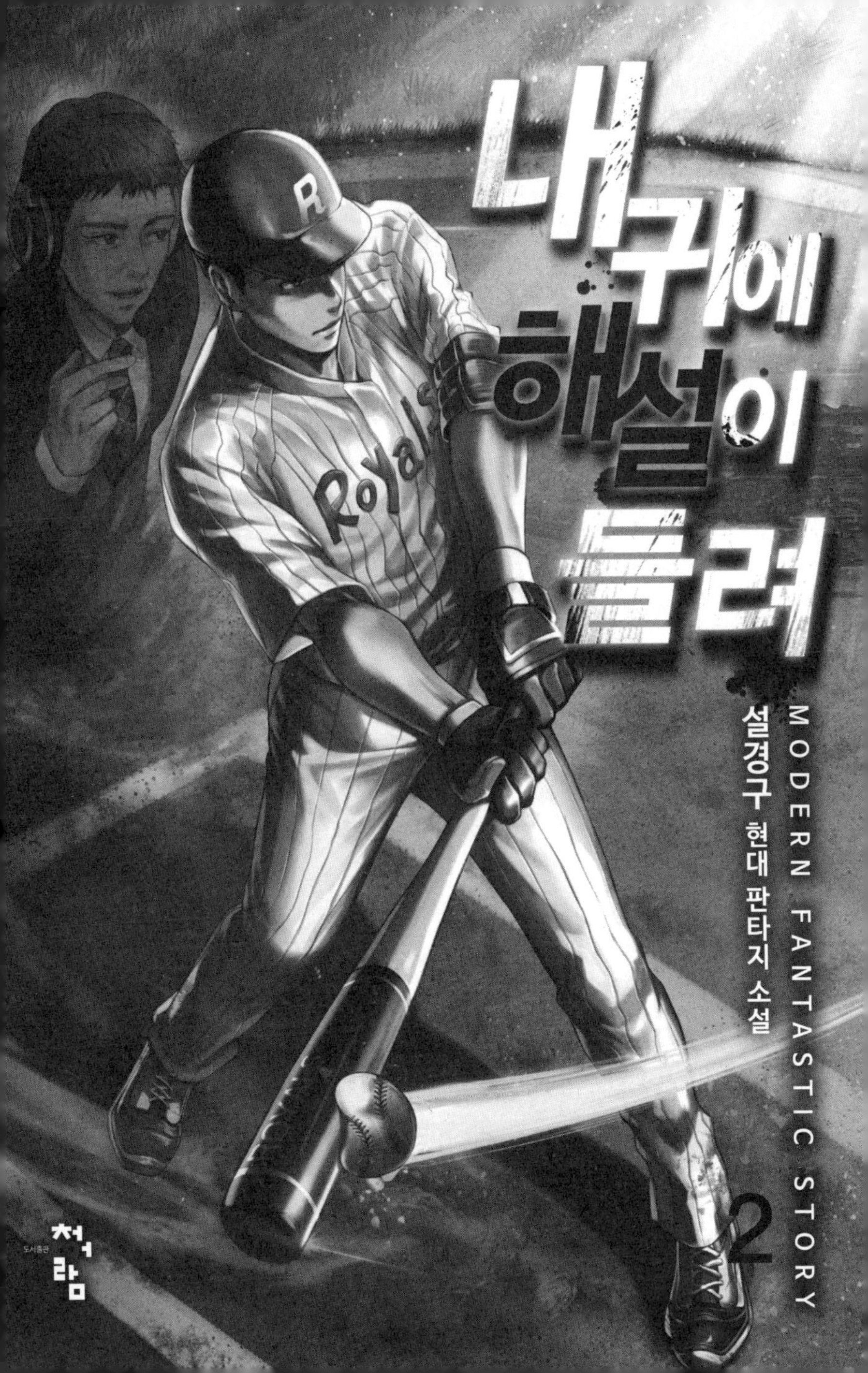

내 귀에 해설이 들려
설경구 현대 판타지 소설
MODERN FANTASTIC STORY
2
도서출판 청람

내
귀에
해설이
들려

목차

제1장 · 007

제2장 · 035

제3장 · 065

제4장 · 091

제5장 · 121

제6장 · 151

제7장 · 179

제8장 · 209

제9장 · 239

제10장 · 273

제1장

"그럼 왜 송이현 단장과 만났지?"

천우종 감독의 질문을 받고서야 박건이 상념에서 깨어났다.

"제게 사인을 요청했습니다."

박건이 대답하자, 천우종 감독이 의아한 표정을 지었다.

"왜 네 사인을 요청한 거지?"

"장원 고등학교 선수 시절, 제 팬이었다고 하더군요."

박건이 미리 준비했던 거짓 대답을 꺼냈다.

"그래?"

장고 끝에 간신히 찾아낸 거짓 대답.

엉성하기 짝이 없었지만, 다행히 천우종 감독은 더 꼬치꼬치 캐묻지 않았다.

"그게 다야?"

"네."

"그럼 트레이드 제안은 없었던 거로군."

"그렇습니다."

"아쉽네. 트레이드를 통해서 청우 로열스로 이적하는 것이 네가 1군에서 뛸 기회를 얻을 수 있는 최선의 방법이라고 판단했거든."

못내 아쉬운 기색을 내비치던 천우종 감독이 한숨을 내쉬며 다시 입을 뗐다.

"그런데 아무래도 트레이드는 어려울 듯하니, 이제 남은 방법은 하나뿐이다."

"어떤 방법입니까?"

"웨이버공시."

천우종 감독이 팔짱을 끼며 대답했다.

그런 그의 표정은 무척 심각했다.

반면 박건은 자꾸 새어나오려는 웃음을 필사적으로 참기 위해 노력했다.

방금 천우종 감독의 입에서 내심 바라고 있었던 웨이버공시라는 단어가 흘러나왔기 때문이었다.

"만약 웨이버공시로 풀렸을 때, 타 구단에서 영입 의사를 밝힌다면 네게 최상의 상황이 된다. 그러나 만약 너를 영입하겠다는 의향을 밝히는 구단이 없다면, 너는 올 시즌에 더 이상 경기에 출전할 수 없게 된다."

KBO 규정에 대해서 간략하게 설명해 준 천우종 감독이 다시 입을 뗐다.

"더 위험한 것은 널 영입하겠다는 의향을 밝히는 구단이 존재하지 않아서 올 시즌을 통째로 쉬게 되었을 때, 과연 내년 시즌에도 널 원하는 팀이 있는가 여부다. 자칫 잘못하면 네가 뛸 수 있는 새로운 팀을 구하지 못해서 미아가 되면서 네 의지와 상관없이 은퇴 수순을 밟을 수도 있다는 뜻이다."

천우종 감독이 우려 섞인 목소리로 꺼낸 대답을 들은 박건이 천천히 고개를 끄덕였다.

'그 말이 맞았네.'

이용운은 천우종을 꽤 괜찮은 감독이라고 평했다.

또, 자신에게 애정을 갖고 있다는 말도 더했었다.

솔직히 그 말을 믿기 어려웠었는데.

지금 천우종 감독이 박건의 미래에 대해서 걱정해 주는 것이 그가 자신에게 애정을 갖고 있다는 증거였다.

'고마운 분.'

박건이 속으로 이렇게 판단했을 때였다.

"그런 위험을 감수하고서 웨이버공시로 풀리길 원하느냐?"

천우종 감독의 질문을 받은 박건이 망설이지 않고 대답했다.

"그 위험을 감수하겠습니다."

"왜지?"

"1군에서 뛰고 싶은 마음이 그 위험을 감수하고도 남을 정도로 간절하니까요."

*　　　*　　　*

드르륵.

숙소로 돌아온 박건이 서랍을 열었다.

청우 로열스 송이현 단장의 서명이 날인된 간이 계약서를 꺼내서 바라보던 박건이 한숨을 내쉬었을 때였다.

"다 후배의 뜻대로 됐는데 왜 한숨을 쉬는 거지?"

이용운이 물었다.

"한국시리즈 우승 시 제가 오억을 수령한다는 옵션 계약 말입니다. 아무리 생각해도 계약을 잘못한 것 같습니다."

박건이 재차 한숨을 내쉬며 대답했다.

송이현 단장과 대화 중에 이런 옵션 계약을 걸어달라는 조건을 내걸었던 이유.

박건의 뜻이 아니었다.

원래 박건의 계획은 좀 더 구체적이고 현실적인 옵션 계약을 요구하는 것이었다.

예를 들면 타율이 3할 이상을 기록하거나, 일정 개수 이상의 홈런을 기록할 경우 옵션을 충족한 것으로 간주해서 일정 금액을 받는 옵션 계약이었다.

그렇지만 이용운은 청우 로열스가 한국시리즈 우승을 달성할 시, 오억이란 거액을 수령하는 옵션 계약을 요구하라고 지시했다.

그리고 송이현 단장이 박건이 요구했던 옵션 계약을 깊이 고민하지 않고 받아들인 이유는 능히 짐작이 갔다.

올 시즌이 끝나고 난 후, 박건에게 오억을 지불할 가능성이 현저히 낮다고 판단했기 때문이리라.

즉, 송이현 단장은 올 시즌 청우 로열스가 한국시리즈 우승을 차지할 가능성이 무척 낮다고 판단한 것이었다.

박건 역시 비슷한 판단을 하고 있었다.

현재 청우 로열스의 순위는 리그 9위.

아직 시즌 초중반이긴 했지만, 일찌감치 하위권으로 처져 있었다.

게다가 딱히 반등할 수 있는 요인이랄 것도 찾을 수 없는 상황이었다.

'분위기에 휩쓸려서 멍청한 짓을 했어.'

해서 박건이 내심 후회하고 있을 때였다.

"왜 계약을 잘못했다고 판단하는 거지?"

이용운이 물었다.

"청우 로열스가 한국시리즈 우승을 차지할 리 없지 않습니까?"

박건이 대답한 순간, 이용운이 웃으며 대답했다.

"가능성이 낮은 건 부인할 수 없는 사실이지."

'아군이야? 적군이야?'

그 대답을 들은 박건이 속으로 한 생각이었다.

이용운 역시 청우 로열스가 한국시리즈 우승을 차지할 확률이 극히 낮다는 것을 잘 알고 있었다.

그런데 이런 얼토당토 않은 옵션 계약을 걸라고 조언했던 것이 그가 과연 아군인지 적군인지 헷갈리는 이유였다.

그때, 이용운이 다시 입을 뗐다.

"송이현 단장도 분명히 나와 비슷한 생각을 했을 것이다. 그리고 내가 노린 것이 바로 그 점이다."

"그건 또 무슨 소리입니까?"

"방심의 허를 찌른 거지."

"……?"

"오억은 거액이다. KBO 리그 톱클래스 수준 선수의 연봉을 뛰어넘는 액수이니까. 그 사실을 잘 알고 있으면서도 송이현 단장이 왜 이런 옵션 계약을 별 고민 없이 받아들였다고 생각해?"

"청우 로열스가 우승할 확률이 낮다고 판단하니까요."

"맞다. 그렇지만 만약 그 희박한 가능성을 뚫고 청우 로열스가 우승한다면 후배는 올 시즌이 끝났을 때 오억을 수령할 수 있다. 속된 말로 대박이 나는 거지."

오억은 분명 거액이었다.

그렇지만 문제는 그림의 떡이나 마찬가지라는 점이었다.

"인생 모른다."

"아무리 그래도……"

"메이저리그 진출을 목표로 삼았지만, 인생이란 계획대로 굴러가는 것이 아니다. 올 시즌 FA 계약 일수를 못 채워서 포스팅 신청을 못 하게 될 수도 있고, 설령 포스팅 신청을 하더라도 널 영입할 의향을 갖고 입찰하는 메이저리그 구단이 없을 수도 있다. 그럴 경우를 대비해서 이런 옵션 계약을 걸었던 것이다."

이용운의 이야기를 들은 박건이 머리를 긁적였다.

박건이 처해 있는 현실을 정확히 꼬집었기 때문이었다.

현재 KBO 리그 2군에서 뛰고 있는 선수.

그리고 야구팬들에게도 잊혀가는 선수.

이게 박건의 현재 포지션이었다.

당연히 메이저리그 구단의 스카우터들은 박건의 존재조차도 몰랐다.

그런데 한 시즌 만에 최고의 활약을 펼쳐서 메이저리그에 진출한다?

말 그대로 꿈같은 이야기였다.

이용운의 충고처럼 계획대로 일이 풀리지 않을 경우도 대비해야 했다.

"결국 후배가 메이저리그에 진출하기 위해서는 KBO 리그를 씹어 먹다시피 해야 한다는 뜻이다. 그리고 후배가 열심히 하다 보면 팀의 우승은 부상처럼 따라올 것이다. 그러니 청우 로열스의 한국시리즈 우승이라는 옵션을 충족할 시 수령할 수 있는 오억이란 돈은 일종의 동기부여라고 생각해라."

"동기부여요?"

"청우 로열스 팀의 우승을 위해서 후배가 최선을 다해 경기할 수 있는 동기가 되는 요인이란 뜻이다."

박건이 쓴웃음을 머금었다.

'또 너무 멀리 갔네!'

청우 로열스로 이적해서 1군 무대에서 활약할 기회를 얻은 것만도 감지덕지였다.

그런데 옵션 계약을 잘못 맺었다고 후회하는 것.

또, 옵션 계약을 맺은 것을 달성해서 오억이란 거액을 과연 받을 수 있을지 여부에 대해 고민하는 것.

너무 앞서갔다는 생각이 들었다.

그때, 이용운이 다시 말했다.

"지금 후배가 할 일은 따로 있다."

"무엇입니까?"

이용운이 대답했다.

"부모님을 찾아가는 것."

*　　　　*　　　　*

"있을 때 잘해드려라. 나중에 나처럼 후회하지 말고."

이용운이 건넨 충고였다.

그 충고를 듣고서도 박건은 바로 어머니를 찾아뵙겠다는 결심을 하지 않았다.

그랬던 박건의 마음이 바뀌게 된 계기는 이용운이 덧붙였던 말 때문이었다.

"후배가 한성 비글스 팀에서 쫓겨났다는 이야기를 들으면 얼마나 놀라시겠냐? 또, 얼마나 가슴 아파하시겠냐?"

웨이버공시를 당하는 것.

박건이 내심 바라던 최상의 결과였다.

한성 비글스에서 웨이버공시를 당하고 나면, 청우 로열스로 이적해서 1군 무대에서 활약하는 것이 가능했기 때문이었다.

그렇지만 어머니는 이런 자세한 속사정을 알지 못했다.

그러니 박건이 오랫동안 몸담았던 한성 비글스 팀에서 쫓겨났다는 사실을 기사를 통해 접하게 되면, 큰 충격을 받으실 것이었다.

또, 박건이 상심했을 거라 판단하고 무척 가슴 아파하실 것이었다.

'내가 직접 찾아가서 자세한 상황을 설명드리자.'

마침내 결심을 굳힌 박건이 어머니가 혼자 살고 계신 원룸으로 찾아갔다.

'이게 대체 얼마만이냐?'

마지막으로 어머니를 만난 게 언제인지 기억조차 뚜렷하지 않을 정도로 무척 오래간만이었다.

"바빠요. 바빠서 못 갈 것 같아요."

어머니와 통화를 할 때마다, 박건이 습관처럼 입 밖으로 꺼냈던 말이었다.

물론 거짓말을 했던 것은 아니었다.

시즌이 진행 중일 때는 잦은 이동과 훈련 스케줄 때문에 시간을 내기 어려웠고, 비시즌 중에도 전지훈련 때문에 실제로 바빴다.

그렇지만 결국 핑계일 뿐이었다.

마음만 먹는다면 시간은 언제든지 만들 수 있었으니까.

'성공하고 난 후에 찾아가자.'

박건이 어머니를 찾아가지 않았던 진짜 이유였다.

자신의 처지가 비참해서 보란 듯이 성공하고 난 후에 찾아가

자고 일부러 계속 뒤로 미뤘던 것일 뿐이었다.

그러나 금의환향은 쉽지 않았다.

그사이에도 시간은 흘렀고, 박건에게는 난청이라는 악재까지 덮쳤다. 그리고 난청으로 인해 청력에 문제가 생기고 나자, 어머니를 찾아가는 것이 더욱 꺼려졌다.

혹시나 청력에 문제가 생겼다는 사실을 어머니에게 들키지 않을까 하는 우려가 들었기 때문이다.

물론 어머니가 그 사실을 알게 됐다고 해서 주변에 소문을 퍼뜨릴 리는 없었다.

어머니는 자식인 박건이 잘되기를 누구보다 바라는 분이시니까.

그럼에도 불구하고 박건이 우려했던 것은 어머니가 박건의 청력에 문제가 생겼다는 사실을 알게 되면 가슴 아파하는 것이었다.

＊　　　　＊　　　　＊

"잊지 않았지?"

이용운의 질문을 듣고서 박건이 상념에서 깨어났다.

"뭘요?"

"용돈 잊지 말고 챙기라고 했잖아."

"잊지 않고 챙겼습니다."

박건이 안주머니에서 용돈이 들어 있는 봉투를 꺼내서 보여주자, 이용운의 호기심이 발동했다.

"얼마나 넣었냐?"

"그걸 꼭 밝혀야 합니까?"

"궁금해서 그래."

이용운의 대답을 들은 박건이 쓴웃음을 머금었다.

이번이 처음이 아니었다.

그의 장례식장을 찾아갔을 때, 이용운은 박건이 봉투 속에 넣어 갔던 부조금 액수에 지대한 관심을 드러냈었다.

"제가 용돈을 얼마나 넣었는지 알아서 뭐 하시게요?"

"어떻게 하려는 게 아니라 그냥 궁금한 거야."

"그러니까 그게 왜 궁금한 건데요?"

"내가 괜히 최고의 해설위원이 된 줄 알아? 호기심이 많아야 좋은 해설위원이 될 수 있는 거야. 말 그대로 순수한 호기심이지."

변명처럼 장황한 설명을 꺼낸 이용운이 다시 물었다.

"얼마 넣었냐니까? 십만 원? 이십만 원?"

"오십만 원 넣었습니다."

이용운의 끈질긴 추궁을 버티지 못하고 박건이 봉투에 넣어 온 용돈의 액수를 알려주었다.

그 대답을 듣자마자 이용운이 발끈했다.

"형편이 어렵다면서? 그래서 내 장례식장에 찾아갔을 때 부조를 삼만 원밖에 안 했잖아? 그런데 오십만 원?"

"엄연히 다르죠."

"뭐가 달라?"

"그때는 은퇴를 결심했을 때라 한 푼이라도 더 아껴야 하는 상황이었지만, 지금은 1군 무대에서 뛰는 게 확정된 상황이지 않습니까?"

"그래도 너무 차이가 크잖아? 서운하다. 진짜 서운해."

이용운이 계속 서운함을 토로했다.

그렇지만 박건은 무시하고 벨을 눌렀다.

＊　　　＊　　　＊

딩동딩동.

벨이 울리고 한참 후, 문이 열렸다.

"누구세요?"

무심코 문을 열었다가 박건을 발견한 어머니의 눈이 커졌다.

"건아!"

"잘 지내셨어요?"

"연락도 없이 갑자기 어떻게 왔어? 혹시… 무슨 일 있는 거 아니지?"

반가움은 잠시였다.

오랜만에 집으로 찾아온 박건을 보며 어머니는 걱정부터 하셨다.

"그냥 왔어요."

"그냥?"

"어머니가 해주시는 밥이 갑자기 먹고 싶어서요."

"그럼 미리 연락하고 오지. 그랬으면 장이라도 봐뒀을 텐데. 일단 들어와."

"네."

어머니가 혼자 살고 계시는 원룸 안으로 들어간 박건이 내부를 살폈다.

원룸 내부는 무척 비좁았다.

집기가 별로 없고 정리 정돈이 잘되어 있음에도 불구하고, 저절로 가슴이 답답해질 정도로 좁게 느껴졌다.

"배고프지? 조금만 기다려. 엄마가 밥 차려줄게."

"배는 별로 안 고프니까 차부터 한 잔 주세요."

"무슨 차 줄까?"

"녹차로 한 잔 주세요."

"알았어. 잠깐만 기다려."

어머니가 주전자에 물을 끓이기 위해서 가스레인지를 켰을 때, 박건이 서둘러 말했다.

"두 잔 주세요."

"두 잔? 왜?"

"많이 마시고 싶어서요."

어머니에게 녹차 두 잔을 부탁한 이유.

이용운이 떠올라서였다.

"고맙죠?"

"난 원두커피가 더 좋은데."

"그럼 취소할까요?"

"아쉬운 대로 마시도록 하마."

박건이 이용운과 짤막한 대화를 나누고 있을 때, 어머니가 녹차 세 잔을 들고 돌아오며 물었다.

"진짜 무슨 일 있는 거 아니지?"

"실은 드릴 말씀이 있어요."

박건이 녹차가 담긴 잔을 들어 올리며 운을 떼자, 어머니의 표정에 근심이 드리웠다.

"혹시… 야구를 그만두려는 건 아니지?"

"그건 아닙니다."

박건이 대답하자, 어머니가 안도의 한숨을 내쉬었다.

"다행이다. 만약 건이 네가 야구를 그만두면 나중에 죽고 나서 네 아버지를 볼 면목이 없을 뻔했어."

"……?"

"네 아버지와 약속했거든. 야구선수로 성공할 때까지 네 뒷바라지를 하기로 약속했는데, 네가 야구를 그만둔다고 할까 봐 마음을 졸였어."

어머니의 이야기를 들은 박건이 미안한 표정을 지었다.

이런 걱정을 끼쳐드린 것.

결국 야구를 못해서였기 때문이었다.

'잘할게요. 이제부터 진짜 잘할게요.'

박건이 속으로 각오를 되뇐 후, 입을 뗐다.

"곧 저에 관한 기사가 뜰 겁니다. 제가 웨이버공시로 풀리거든요."

"웨이…부공시? 그게 뭐야?"

"쉽게 말해 한성 비글스 팀에서 나오는 겁니다."

엄밀히 말하면 한성 비글스 팀에서 더 이상 팀에 필요하지 않은 선수로 분류되어 쫓겨나는 셈이었다.

그렇지만 박건은 일부러 표현을 바꾸었다.

어머니가 놀라지 않기를 바라서였다.

"왜 나와?"

"다른 팀에서 저를 원하고 있거든요."

"그래?"

"청우 로열스라는 팀에서 저를 원하고 있습니다."

박건이 알려주자, 어머니의 표정이 밝아졌다.

"다행이다. 정말 다행이야."

그런 어머니를 향해 박건이 덧붙였다.

"앞으로 저를 자주 보실 수 있을 겁니다. TV 중계를 하는 경기에 제가 많이 출전할 테니까요."

"잘됐다. 잘됐어."

아이처럼 기뻐하시는 어머니를 보고 있자니, 미안한 마음과 뿌듯한 마음이 교차했다.

더 일찍 어머니를 기쁘게 해드리지 못한 것이 미안했고, 많이 늦었지만 지금이라도 기쁜 소식을 전해드릴 수 있게 된 것이 뿌듯했다.

그때였다.

"야구를 잘해야 하는 이유가 또 하나 생겼네."

이용운이 말했다.

"앞으로 1군에서 뛰는 덕분에 TV 중계로 널 볼 수 있다는 사실만으로도 이렇게 기뻐하시는데, 후배가 만약 청우 로열스를 우승시키는 주역이 된다면? 그리고 메이저리그라는 세계 최고의 무대에 진출하면 어머님이 얼마나 기뻐하시겠냐?"

이용운의 말이 옳았다.

그의 말대로 앞으로 야구를 더 잘해야 하는 동기 부여 요소가 하나 더 늘어난 셈이었다.

잠시 후 박건의 시선이 벽 쪽으로 향했다.

벽에 걸려 있는 아버지의 생전 사진을 박건이 물끄러미 바라보고 있을 때, 이용운이 물었다.

"아버님이시냐?"

"네."

"어떤 분이셨냐?"

"헌신적인 분이셨습니다."

야구선수인 자식의 뒷바라지를 위해 당신의 인생을 포기하셨던 분.

그렇지만 아버지는 결국 박건의 성공을 보지 못하고 돌아가셨다.

그래서 미안한 표정을 지은 채 아버지의 사진을 바라보던 박건이 입을 뗐다.

"부탁 하나만 드리겠습니다."

"부탁? 무슨 부탁?"

"나중에 승천하시면 아버지를 만나실 겁니다. 그럼 아들이 야구선수로 성공했다는 말씀을 좀 전해주십시오."

"알았다. 후배의 아버지를 만나서 잘난 척하기 위해서라도 내가 후배를 꼭 성공시키마."

이용운이 부탁을 수락한 순간, 박건이 잔을 입으로 가져갔다.

기분 탓일까.

녹차 맛이 오늘따라 더 구수하게 느껴졌다.

*　　　　*　　　　*

「한성 비글스. 박건 선수 웨이버공시 발표」

포털사이트 스포츠면 하단에 박건이 한성 비글스에서 웨이버 공시로 풀렸다는 기사가 등장했다.
그 기사를 읽던 박건이 스크롤을 아래로 내렸다.

—박건? 누구?
—이런 선수가 한성 비글스에 있었음?
—누군지 아는 사람 손?
—데려갈 팀이 없어서 은퇴 수순 밟을 듯.

기사 하단에 달려 있는 댓글들.
팬들은 대부분 박건이 누군지조차 잘 알지 못했다.
그래서일까.
댓글도 몇 개 달려 있지 않았다.
"후배도 참……."
"너도 참 뭡니까?"
"어지간히 인기 없구나."
몇 개 달려 있지도 않은 댓글을 확인한 이용운이 핀잔을 건넸다.

"마찬가지 아닙니까?"

"마찬가지라니?"

"썰렁한 빈소 풍경, 벌써 잊으셨습니까?"

"당연히 안 잊었다. 아니, 죽을 때까지 못 잊는다."

이용운이 분한 표정으로 대답한 순간, 박건이 정정했다.

"지금 이런 말씀드리긴 좀 그렇지만… 이미 죽었습니다."

"나도 안다."

"그런데 왜……?"

"자꾸 내가 죽었다는 사실을 잊어버린다."

한숨을 내쉬던 이용운이 덧붙였다.

"댓글 수가 적다고 너무 슬퍼 마라. 후배가 청우 로열스에 입단한 소식을 알리는 기사에는 댓글이 많이 달릴 테니까."

"……?"

"물론 대부분 비난 댓글이긴 하겠지만."

*　　　*　　　*

─박건이 누구냐?

─하아. 폐기물 수거업체 되기로 결심했나?

─여자 하나 잘못 들이면 집안이 풍비박산 난다는 말이 괜히 있는 게 아님. 지금 청우 로열스가 딱 그 짝이네.

─박건이란 선수를 영입한 것이 단장과 스카우트 팀장이 야알못인 걸 인증한 셈.

송이현이 태블릿피시를 통해 기사 하단에 달린 댓글들을 확인하고 있을 때, 제임스 윤이 다가왔다.

"댓글 수가 2,100개? 어마어마하네요."

"이해가 안 가네요."

"뭐가요?"

"박건 선수를 영입한 게 이렇게 욕먹을 일인가요?"

송이현이 고개를 절레절레 내저으며 대답했다.

「청우 로열스, 한성 비글스에서 웨이버공시로 풀린 박건 선수 전격 영입」

이천 개가 넘는 비난 댓글이 달려 있는 기사의 제목이었다.

박건은 한동안 1군보다 2군에 머문 시간이 길었다. 그래서 박건에 대해 모르는 팬들이 태반이었다.

'박건이 대체 누구냐?'는 댓글이 베스트 댓글이 된 것이 박건의 인지도가 무척 낮다는 증거였다.

게다가 박건을 영입하는 과정에서 청우 로열스가 지불한 대가는 크지 않았다.

박건이 한성 비글스 팀에서 웨이버공시로 풀린 덕분에, 청우 로열스는 삼천오백만 원에 불과했던 그의 잔여 연봉만 떠안으면 되는 셈이었다.

물론 청우 로열스가 한국시리즈 우승을 차지할 경우, 오억 원을 지불한다는 옵션 계약이 존재하긴 했다.

그렇지만 그건 먼 훗날의 이야기였다.

또, 청우 로열스 팬들은 웨이버공시로 풀린 박건을 영입하는 과정에 옵션 계약이 존재한다는 사실조차 알지 못했다.

그런데 대체 왜 이렇게 비난 댓글이 폭주하는지 송이현은 이해가 가지 않는 것이었다.

그때였다.

"박건 선수를 영입한 것 때문에 비난하는 게 아닙니다."

"그럼요?"

"그동안 쌓였던 불만이 박건 선수 영입을 계기로 터져 나온 거죠."

"……?"

"일찌감치 하위권으로 처져 있는 청우 로열스의 올 시즌 부진한 성적, 낙하산처럼 뚝 떨어져 내린 신임 단장, 그리고 지지부진한 투자와 선수 영입까지. 청우 로열스 팬들은 그동안 차곡차곡 불만이 쌓였습니다. 그런데 청우 로열스 팀의 첫 영입이 듣보잡이라고 해도 과언이 아닌 박건 선수입니다. 낙하산 신임 단장이 야구팀 투자에 인색하다는 증거로 보이기에 충분한 상황인 거죠."

송이현이 천천히 고개를 끄덕였다.

청우 로열스 팬들의 입장에서는 충분히 그렇게 오해할 소지가 있다는 생각이 들었기 때문이었다.

"그래서 내가 야알못 취급을 받게 된 거군요."

"저도 덩달아 야알못 취급을 받게 됐죠."

제임스 윤이 씁쓸한 표정으로 신세 한탄을 늘어놓은 순간, 송이현이 참지 못하고 웃음을 지었다.

메이저리그 구단들이 탐냈던 인재인 제임스 윤이 야알못 취급을 받는 것이 무척 아이러니하단 생각이 들었기 때문이다.

"그래서 박건 선수의 활약이 중요합니다."

제임스 윤이 덧붙인 말을 들은 송이현의 여전히 미소를 지은 채 물었다.

"야알못 취급을 받는 신세에서 벗어나기 위해서요?"

"비난 여론을 바꾸는 것은 결국 결과이니까요. 만약 박건 선수가 청우 로열스 소속 선수로 뛰어난 활약을 펼친다면, 또 그 활약 덕분에 청우 로열스 팀의 성적이 상승한다면 비난 여론은 금세 찬사로 바뀔 겁니다."

송이현이 그 이야기에 수긍했을 때, 제임스 윤이 다시 입을 뗐다.

"박건 선수의 활약이 중요한 데는 한 가지 이유가 더 있습니다."

"또 뭐죠?"

"혹시 첫 단추를 잘 꿰야 한다는 속담 아십니까? 박건 선수는 캡틴이 청우 로열스를 맡고 난 후, 처음으로 영입한 선수입니다. 감독, 코치진, 그리고 팬들까지. 모두 캡틴이 처음으로 영입한 박건 선수를 주목할 겁니다. 그리고 박건 선수의 활약도에 따라서 캡틴에 대한 평가는 극명하게 갈릴 겁니다."

"어떻게 갈린다는 거죠?"

"박건 선수가 기대처럼 좋은 활약을 펼치지 못한다면, 캡틴에 대한 평가는 여전히 야알못 낙하산 단장으로 남을 겁니다. 게다가 야구팀 투자에 인색하다는 이미지까지 생길 겁니다. 반면 박건 선수가 저희가 기대하는 것 이상으로 좋은 활약을 펼친다면 상황이 달라질 겁니다. 저비용 고효율이라는 캡틴의 구단 운영 철학이 공감을 받을 수 있겠죠. 물론 야알못 이미지도 벗을 수 있고, 구단 운영에 있어서 캡틴의 발언권도 더 강해질 겁니다."

제임스 윤의 설명이 끝난 순간, 송이현이 두 눈을 빛냈다.

"박건 선수의 활약 여부에 아주 많은 것이 달려 있네요."

"그렇습니다."

"과연 박건 선수가 저희의 기대 이상으로 활약할 수 있을까요?"

박건 선수를 꼭 청우 로열스에 영입해야 한다.

이렇게 주장했던 장본인은 제임스 윤이었다.

그래서 송이현이 묻자, 제임스 윤이 팔짱을 낀 채 대답했다.

"야알못이 뭘 알겠습니까?"

*　　　　*　　　　*

19승 28패.

청우 로열스가 현재까지 기록한 성적이었다.

리그 9위.

일찌감치 청우 로열스는 하위권으로 처졌다.

개막 전 야구 전문가들이 예상한 대로였다.

그렇지만 올 시즌 청우 로열스 감독으로 부임한 한창기는 아직 시즌을 포기하지 않았다.

이제 정규시즌의 약 1/3가량이 흐른 시점.

벌써 시즌을 포기하기에는 너무 일렀기 때문이었다.

"관건은 선수 영입인데."

선발 라인업을 작성하기 위해 책상 앞에 앉아 있던 한창기가 답답한 표정으로 혼잣말을 꺼냈다.

"한국판 '머니볼'을 구현해 보고 싶습니다."

심원 패롯스 감독직을 내려놓고 쉬고 있던 한창기를 찾아왔던 송이현 단장이 밝혔던 포부였다.

한창기도 야구계에 몸담았던 인물.

당연히 '머니볼'이라는 영화를 무척 인상 깊게 보았다.

그렇지만 송이현 단장이 자신의 앞에서 밝혔던 포부는 그다지 가슴에 와닿지 않았다.

'한국에서는 불가능해.'

꼭 뜬구름 잡는 소리처럼 들렸기 때문이었다.

그럼에도 불구하고 한창기는 송이현 단장이 제안했던 청우 로열스 감독직을 수락했다.

그 이유는 최대한 빨리 현장으로 복귀하고 싶어서였다.

그렇게 청우 로열스 감독으로 부임한 후 첫 시즌.

한창기는 후회하고 있었다.

청우 로열스는 밖에서 지켜보면서 막연히 예상했던 것보다 훨씬 전력이 약했고, 송이현 단장은 무능했기 때문이었다.

팀의 약점을 메울 수 있는 선수 영입이 지지부진한 것이 송이현 단장이 무능하다는 증거였다.

그랬던 송이현 단장이 부임 후 첫 선수 영입을 마쳤다.

박건의 영입.

솔직히 말하면 한창기의 기대에 한참 미치지 못했다.

이름조차 들어본 적 없었던 듣보잡 선수였기 때문이었다.

"그런데 박건을 1군 경기에 기용하라고?"

한창기가 못마땅한 표정을 지었다.

송이현 단장 덕분에 청우 로열스 감독을 맡아 현장에 복귀할 수 있었다.

그렇지만 송이현 단장의 꼭두각시 노릇을 할 생각은 전혀 없었다.

9번 타순에 박건이 아닌 홍두철의 이름을 적어 넣으며 선발 라인업 작성을 마친 한창기가 펜을 내려놓았다.

*　　　　*　　　　*

청우 로열스 VS 우송 선더스.

두 팀의 3연전 마지막 경기를 앞두고 선발 라인업이 발표됐다.

그리고 선발 라인업에서 제외된 것을 확인한 박건이 아쉬운 기색을 드러냈다.

"선발 출전은 물 건너갔네요."

"아쉬워?"

"당연히 아쉽죠."

이용운의 질문에 박건이 대답했다.

어렵게 청우 로열스 이적이 성사된 상황.

게다가 청우 로열스 팬들은 박건의 이적이 발표되자마자 불만과 비난을 일제히 쏟아냈다.

그래서 더 빨리 1군 무대에서 선발 출전해서 활약하고 싶었다.

청우 로열스 팬들 사이에 일고 있는 비난 여론을 잠재우는 것은 그 방법이 유일했기 때문이었다.

그러나 이용운의 생각은 달랐다.

"아쉬워할 필요 없다. 당연한 거니까."

"왜 당연한 겁니까?"

"한창기 감독도 고집이 꽤 센 편이거든. 한창기 감독에 대해 잘 모르지?"

"잘 모릅니다."

박건이 솔직하게 대답했다.

심원 패롯스 감독을 맡았다가, 성적 부진으로 계약된 임기를 채우지 못하고 시즌 도중에 경질된 감독.

그리고 송이현이 청우 로열스 단장으로 부임하면서 함께 현장에 복귀한 감독.

이게 박건이 한창기 감독에 대해서 알고 있는 전부였다.

그때, 이용운이 말했다.

"욕 엄청 먹었다."

"누가요?"

"한창기 감독 말이야. 송이현 단장이 청우 로열스 감독으로 한창기를 영입했을 때, 팬들이 엄청 반대하면서 비난했지."

"왜요?"

"팬들의 기대에 한참 미치지 못했던 감독이었으니까."

9위, 그리고 8위.

심원 패롯스 시절, 한창기 감독이 남긴 성적이었다.

한창기 감독이 부임했던 첫 시즌, 심원 패롯스는 최종 순위 9위로 시즌을 마감했고, 시즌 도중에 경질됐던 감독 2년차 때도 8위에 머물렀다.

─감독으로서 역량이 한참 부족하다.

그래서 이런 평가를 받았던 한창기를 청우 로열스 감독으로 영입했으니, 팬들의 비난 여론이 무척 거셌으리라.

거기까지 생각이 미친 순간, 박건은 호기심이 치밀었다. 그래서 어두운 표정을 지은 채 감독석에 앉아 있는 한창기를 힐끗 살핀 후, 박건이 물었다.

"그런데 송이현 단장은 왜 한창기 감독님을 영입한 겁니까?"

"송이현 단장 작품이 아니다."

"그럼요?"

"제임스 윤이 추천했겠지."

"왜 제임스 윤은 하필 한창기 감독을 추천했을까요?"

이용운이 대답했다.

"능력이 있거든."

제2장

0—9.

6회가 끝났을 때의 스코어였다.

선발투수가 제구 난조를 드러내며 2회를 넘기지 못하고 무너진 데다가, 청우 로열스의 타선은 무기력하기 짝이 없었다.

우우.

우우우.

일찌감치 승부가 기울자, 청우 로열스 홈 팬들은 그라운드에서 뛰고 있는 선수들에게 야유를 쏟아냈다.

또, 일부 팬들은 고작 6회가 끝났을 뿐인데 벌써 경기장을 떠나고 있었다.

'완패!'

이렇게 판단하던 박건이 한창기 감독을 살폈다.

경기 상황이 일방적으로 흐르고 있음에도 한창기 감독은 관중처럼 팔짱을 낀 채 지켜보기만 하고 있었다.

그런 그의 모습을 살피던 박건이 아까 이용운이 했던 말에 의문을 품었다.

"진짜 능력 있는 것 맞습니까?"

"능력 있다니까."

"하지만 지금 모습은……."

"무능해 보여?"

"솔직히 그렇습니다."

박건이 대답을 마치자마자, 이용운이 덧붙였다.

"감독이 할 수 있는 게 별로 없는 상황이라서 그렇게 느껴지는 거야."

"네?"

"청우 로열스 팀의 전력이 너무 약하거든."

박건이 고개를 끄덕였다.

비록 우송 선더스가 강팀이긴 하지만, 오늘 경기 청우 로열스의 투수와 야수들은 모두 너무 무기력했다.

"그래도 감독의 역량을 발휘할 여지는 있지 않을까요?"

"물론 있지. 그런데 감독의 역량으로 경기에 미칠 수 있는 영향은 크지 않아. 쉽게 말해서 두 팀의 전력이 엇비슷하면 감독의 역량으로 경기의 승패를 바꿀 수 있지만, 전력 차가 크게 벌어진 경우라면 그게 불가능하지. 그 사실을 잘 알고 있기 때문에 한창기 감독이 움직이지 않는 거야. 내가 보기에… 한창기 감독은 지금 일종의 시위를 하고 있는 것 같아."

"시위요?"

"그래."

"누구한테 시위를 한단 겁니까?"

"송이현 단장이지."

이용운이 대답과 함께 설명을 더했다.

"청우 로열스가 이렇게 형편없는 팀이다. 그런데 계속 선수 영입을 하지 않을 거냐? 지금 이렇게 시위를 하고 있는 거야."

그 이야기를 들은 박건이 지적했다.

"선수 영입했는데요."

"누구?"

"저요."

박건이 대답한 순간, 이용운이 소리쳤다.

"넌 듣보잡이잖아."

*　　　*　　　*

"한창기 감독이 송이현 단장에게 바라는 건 팀 전력을 단번에 상승시킬 수 있는 스타플레이어를 영입해 주는 거야."

이용운이 덧붙인 설명을 들은 박건이 힘주어 대답했다.

"저도 잘할 수 있습니다."

"난 알아. 그런데… 한창기 감독은 모르지."

'그게 문제이긴 하지.'

이번에도 이용운의 말이 옳았다. 그래서 박건이 입맛을 쩝 다셨을 때였다.

"운이 좋았다."

이용운이 불쑥 말했다.

'운이 좋다고?'

박건이 미간을 찌푸렸다.

청우 로열스로 이적하는 데 성공하긴 했지만, 여전히 벤치 신세를 벗어나지 못하고 있었다. 그런데 대체 뭐가 운이 좋단 말인가?

"대체 어느 부분을 보고 운이 좋다고 표현한 겁니까?"

해서 박건이 쏘아붙이자, 이용운이 대답했다.

"최소 다섯 경기 정도는 지나고 나서야 후배에게 경기 출전 기회가 돌아올 수도 있다고 생각했거든. 그런데 아무래도 더 빨라질 것 같다."

"얼마나요?"

"내일 경기에는 출전할 확률이 높아."

'내일 경기에 내가 출전한다고?'

박건이 두 눈을 빛냈다.

오늘 경기는 이적 후 첫 경기.

그런데 이적 후 두 번째 경기인 내일 경기에 출전할 가능성이 높다는 이야기를 듣고 나니 기분이 업 되는 것은 어쩔 수 없었다.

'정말 내일 경기에 출전할 수 있을까?'

기대와 동시에 의심도 깃든 박건이 다시 물었다.

"왜 그렇게 판단하셨습니까?"

이용운이 대답했다.

"내일 경기 상대가 심원 패롯스거든."

＊　　　＊　　　＊

최종 스코어 0-13.

끝까지 반전은 없었다.

청우 로열스는 우송 선더스와의 3연전 마지막 경기에서 무기력한 졸전 끝에 완패하면서 스윕 패를 당했다.

그 패배로 인해 청우 로열스의 순위는 9위에서 10위로 한 단계 더 하락했다.

"기분이… 좋지는 않네요."

스윕 패가 확정된 우송 선더스와의 3연전 마지막 경기 패배에 박건의 책임은 없었다.

경기에 출전조차 하지 않았으니까.

그렇지만 박건이 이적하자마자, 청우 로열스가 최하위로 순위가 추락한 것이 기분 좋을 리 없었다.

'날 영입한 것으로 인해서 우리 팀 분위기가 더 가라앉아 경기력에 영향을 미쳤던 게 아닐까?'

이런 생각이 들어서 괜스레 미안한 마음도 들었고.

"나쁘지 않은 결과다."

그렇지만 이용운의 생각은 달랐다.

"왜 나쁘지 않다는 겁니까?"

"한창기 감독이 궁지에 몰렸거든."

"그게 기뻐할 일입니까?"

"청우 로열스 입장에서는 악재지만, 후배에게는 호재다."

"왜 호재란 겁니까?"

"한창기 감독이 심원 패롯스에서 왜 경질됐는지 알아?"

"성적 부진 때문이었잖습니까?"

"표면상 이유는 성적 부진이었지."

"그럼 다른 이유도 있었단 말입니까?"

"프런트와의 마찰."

"……?"

"그게 경질의 진짜 원인이었다."

이건 전혀 알지 못했던 사실이었다. 그래서 박건이 다시 물었다.

"좀 더 자세히 말씀해 주시죠."

"한창기가 심원 패롯스 감독으로 재직할 당시, 프런트는 그에게 무척 비협조적이었어. 특히 선수 영입이 제대로 되지 않았지. 한창기 감독이 부임 조건으로 내세웠던 선수들의 영입이 거의 이뤄지지 않았던 거야."

"그래서 프런트와 마찰이 있었던 겁니까?"

"그건 시발점이었지. 문제가 심각해진 것은 태업이었어."

"태업…이오? 누가 태업을 했단 말입니까?"

"누구긴 누구겠어? 선수들이지."

박건이 의아한 표정을 지었다.

금시초문이었기 때문이다.

'그런 상황이 발생했는데 왜 난 전혀 몰랐지?'

박건이 의문을 품었을 때, 이용운이 설명을 이어나갔다.

"티가 안 났거든."

"진짜 내 속마음을 읽을 수 있는 것 아닙니까?"

"그게 아니라 네 표정에 다 드러난다니까."

이용운이 심드렁한 목소리로 대꾸한 후, 다시 본론으로 돌아왔다.

"한창기 감독은 심원 패롯스 팀의 고참 선수들이 태업을 한다는 걸 알아챘어. 그래서 프런트에 그 사실을 알렸지만 심원 패롯스 팀의 프런트는 한창기 감독의 편에 서지 않았지. 오히려 태업을 했던 고참 선수들 편에 섰어. 그게 한창기 감독이 경질된 진짜 이유였다."

그 설명을 들은 박건이 납득한 표정으로 고개를 끄덕였을 때였다.

"한창기 감독이 왜 청우 로열스 지휘봉을 잡은 줄 알아?"

"노느니 열심히 일하자고 생각했던 게 아닐까요?"

심원 패롯스 감독직에서 경질된 탓에 한창기 감독은 백수 신세였다. 그런데 송이현 단장이 청우 로열스 감독직을 제안하자, 백수 탈출의 기회를 놓치지 않고 덥석 움켜잡았던 거라고 박건은 판단했다.

"한창기 감독, 반년도 안 놀았어. 좀 더 쉬어도 무방했지."

"하지만……."

"워라밸이란 말도 몰라?"

"처음 들어보는데요."

"워크 앤 라이프 밸런스(work and life balance)의 줄임말이야. 일과 삶의 균형이 중요하단 뜻으로 휴식의 중요성을 강조하는 용어."

"보기보다 유식하시네요."

"내가 괜히 해설위원 인기투표에서 1위에 올랐던 게 아니지."

이용운이 거만한 목소리로 말한 순간, 박건이 지적했다.

"그렇게 유식하고 인기도 많았는데 왜 잘리셨습니까?"

정곡을 찔려 버린 이용운이 갑자기 침묵했다.

"왜 말을 안 하십니까?"

"인생이 너무 무상하단 생각이 들어서."

잠시 감상에 젖었던 이용운이 한참 만에 다시 입을 뗐다.

"어쨌든 좀 더 쉬어도 무방한 한창기 감독이 바로 현장으로 복귀한 것은 돈 때문이 아냐. 아마 명예 회복을 위해서였을 거다. 내가 무능해서 심원 패롯스에서 경질된 것이 아니다. 그걸 증명하고 싶었던 거지."

"결과적으로는 그 목표를 이루는 데 실패했네요."

"왜 그렇게 생각하지?"

"청우 로열스의 현재 순위는 최하위이니까요."

박건이 지적하자, 이용운이 반박했다.

"아직 시즌 많이 남았다. 그러니까 명예를 회복할 기회는 남아 있지."

"하지만……."

"그리고 한창기 감독이 이른 현장 복귀를 결심한 이유는 하나 더 있다."

"다른 이유는 뭡니까?"

이용운이 대답했다

"복수."

*   *   *

"복수요?"

이용운의 대답을 들은 박건이 고개를 갸웃했다.

"누구한테 복수한단 겁니까?"

"심원 패롯스."

"아!"

"태업해서 자길 엿 먹인 심원 패롯스 선수들, 그리고 자신이 아닌 태업한 고참 선수들의 손을 들어준 심원 패롯스 프런트에게 한창기 감독은 복수하려는 거야."

만약 이용운의 말이 모두 사실이라면?

한창기 감독이 복수심에 불타는 것은 당연한 일이었다.

잠시 후 박건이 씁쓸한 미소를 지었다.

"결과적으로는 복수에 실패했네요. 청우 로열스는 올 시즌 심원 패롯스와의 맞대결에서 한 번도 못 이겼으니까요."

3전 3패.

청우 로열스는 심원 패롯스와의 첫 3연전에서 스윕 패를 당했다. 그러니 한창기 감독은 복수라는 소기의 목적을 아직 달성하지 못한 셈이었다.

"현재까지는 그런 셈이지. 그래서 더 독이 바짝 올라 있는 상황이고."

"한창기 감독이 바짝 독이 올라 있다는 건 어떻게 아십니까?"

'당신이 한창기 감독의 머릿속에 들어가 본 적도 없지 않느냐?'

박건이 속으로 이렇게 생각하며 물었을 때, 이용운이 대답했다.

"굳이 한창기 감독의 머릿속에 들어가 봐야 그가 바짝 독이 올라 있다는 사실을 알 수 있는 건 아니다. 어제 경기 운영 방식을 통해 충분히 짐작할 수 있지."

"……?"

"한창기 감독은 전력을 아꼈다."

이용운이 말한 순간, 박건이 질문했다.

"그건 또 어떻게 아십니까?"

"선발투수 로테이션을 바꿨으니까. 정상적인 로테이션대로라면 어제 경기에 외국인 투수인 조던 픽스가 선발투수로 출전해야 했다. 그렇지만 어제 경기에 선발투수로 출전한 것은 강운규였지."

강운규는 청우 로열스의 5선발.

반면 조던 픽스는 청우 로열스의 1선발이자 팀의 에이스 역할을 맡고 있는 투수였다.

한창기 감독이 선발 로테이션을 조정해서 조던 픽스가 아닌 강운규를 어제 경기의 선발투수로 출전시킨 것이 심원 패롯스와의 3연전 첫 경기에 조던 픽스를 투입하기 위함이라는 게 이용운의 말뜻이었다.

"그뿐이 아니다."

"또 뭐가 있습니까?"

"불펜투수들도 아꼈다. 강운규가 경기 초반부터 흔들렸음에도 한창기 감독은 선발과 롱릴리프를 오가는 홍원우를 마운드에 올리지 않았지. 또, 필승조에 속한 불펜투수들은 한 명도 출전시키지 않았다."

박건이 천천히 고개를 끄덕였다.

이용운의 이야기가 일리가 있다고 판단했기 때문이었다.

그러나 그도 잠시, 박건이 머리를 긁적였다.

여전히 자신이 오늘 심원 패롯스와의 경기에 출전할 가능성이 높은 이유에 대해 듣지 못했기 때문이었다.

"그래서요?"

"그래서라니?"

"이야기가 삼천포로 빠졌잖습니까?"

박건이 지적했지만, 이용운은 당당하게 대꾸했다.

"삼천포로 빠지지 않았다. 후배의 이해력이 떨어지는 거지."

"제 이해력에 문제가 있다고요?"

"이 정도 설명했는데도 못 알아들으면 문제가 있는 게 틀림없지."

"네, 머리가 나빠서 죄송합니다. 그러니 좀 알아듣기 쉽게 설명해 주시죠."

박건이 비아냥을 담아 말한 순간, 이용운의 한숨 소리가 들려왔다.

"이보다 더 쉽게 어떻게 설명해? 답답하다, 답답해. 하필 이렇게 머리 나쁜 놈의 파트너가 돼 가지고."

신세 한탄을 하는 이용운으로 인해 박건도 잔뜩 빈정이 상했다.

"그럼 승천하시든가요."

"승천? 내가 진짜 승천하면 감당할 수 있겠어?"

"제가 알아서 하겠습니다."

"응?"

"개똥밭에 굴러도 저승보다 이승이 낫다는 말도 있지 않습니까? 뭐, 산 사람은 어떻게 살아가겠죠."

"좋겠다."

"뭐가요?"

"아직 살아 있어서."

이용운의 목소리는 착 가라앉아 있었다.

'너무 말이 심했나?'

박건이 미안한 표정을 짓고 있을 때, 이용운이 입을 뗐다.

"한창기 감독이 심원 패롯스와의 오늘 경기를 앞두고 복수심에 불타고 있는 것까진 이해했지?"

박건도 바보가 아니었다.

그래서 고개를 끄덕이자, 이용운이 덧붙였다.

"한창기 감독은 현재 위기에 처했다."

"무슨 위기에 처했단 말입니까?"

이용운이 대답했다.

"경질 위기."

*　　　*　　　*

'한창기 감독이 경질 위기에 처했다고?'

이용운의 대답을 들은 순간, 박건이 고개를 갸웃했다.

한창기 감독은 올 시즌을 앞두고 청우 로열스 감독으로 부임했다.

계약기간은 삼 년.

부임 첫해인 만큼, 아직 자신의 야구를 펼칠 시간이 부족했다. 그리고 감독이 부임 첫해에 경질을 당하는 경우는 극히 이례적인 경우를 제외하고는 없었다.

그러니 벌써 경질을 당할 가능성은 낮다고 박건은 판단한 것이었다.

그때였다.

"비슷해."

이용운이 불쑥 말했다.

"뭐가 비슷하다는 겁니까?"

"한창기 감독이 심원 패롯스에서 경질될 때와 지금 상황이 비슷하단 뜻이야."

그 이야기를 들은 박건이 두 눈을 치켜떴다.

"청우 로열스 선수들이… 태업을 한다는 뜻입니까?"

"아직은 아냐."

"그런데 왜 비슷하다고 말씀하신 겁니까?"

"그게 유일한 차이점이거든."

"……?"

"그것 빼곤 다 비슷하단 뜻이야."

'그런가?'

이용운의 말대로라는 생각이 들었다.

비록 시즌 초중반이긴 하지만, 청우 로열스의 순위는 어제 경기에 패하면서 리그 최하위가 됐다.

게다가 프런트와의 관계도 삐걱대고 있었다.

한창기 감독은 팀의 전력을 끌어 올릴 수 있는 스타플레이어 영입을 해주지 않는 송이현 단장에게 불만을 품고 있다고 했으니까.

"인간은 실패에서 배우는 법이다. 이미 한차례 실패한 경험이 있기 때문에, 한창기 감독은 실패를 반복하고 싶지 않을 것이다. 즉, 다시 경질되지 않기 위해서 필사적으로 오늘 경기에 나설 것이다. 이게 후배가 오늘 경기에 출전할 확률이 높다고 판단한 이유다."

박건의 표정이 심각해졌다.

'진짜… 나한테 문제가 있는 건가?'

귀를 쫑긋 세우고 이용운이 하는 이야기에 집중했다. 그럼에도 불구하고 여전히 제대로 이해를 하지 못했기 때문이었다.

박건의 표정이 심상치 않음을 알아챈 이용운이 다시 물었다.

"설마… 아직도 이해 못 한 건 아니겠지?"

박건이 정색한 채 대답했다.

"다 이해했거든요."

*　　　　*　　　　*

청우 로열스 VS 심원 패롯스.

양 팀의 정규시즌 네 번째 맞대결이 시작됐다.

더그아웃 감독석에 앉아 있는 한창기의 표정을 힐끗 살핀 후,

이용운의 입이 근질거리기 시작했다.

"오늘 양 팀의 경기, 어떻게 예상하십니까?"

"한창기 감독의 표정, 어제 경기와는 무척 많이 다르죠? 제가 준비한 자료 화면을 보시죠? 좌측의 사진이 어제 우송 선더스와의 경기에 임하던 한창기 감독의 표정입니다. 그리고 우측의 사진이 오늘 심원 패롯스와의 경기를 앞두고 있는 한창기 감독의 표정입니다. 한눈에 봐도 확연히 표정이 다르다는 것이 느껴지시죠? 보시다시피 좌측 사진에서는 절박함이 느껴지지 않지만, 우측 사진에서는 절박함이 느껴집니다. 이게 한창기 감독이 오늘 경기에 필사적으로 임하고 있다는 증거입니다. 그리고 한창기 감독이 오늘 심원 패롯스와의 경기에 생즉사 사즉생의 각오로 임하는 이유는 그의 과거 때문인데요."

해설 멘트가 주르륵 눈앞에 떠올랐다. 그렇지만 이용운은 한창기 감독 못지않게 필사적인 각오로 입을 다물었다.

어차피 박건을 제외하고는 아무도 듣지 않는 해설을 하는 것보다 더 중요한 게 있었기 때문이다.

'지랄하겠네.'

이용운이 한숨을 내쉬었다.

오늘 경기를 앞두고 한창기 감독이 발표한 선발 라인업에서 박건의 이름이 빠져 있었던 것이다.

"내일 경기에는 출전할 확률이 높아."

어제 이용운이 했던 말이었다.

그 예상이 보기 좋게 빗나갔으니, 박건이 트집을 잡으면서 따질 가능성이 높았다.

그런데 이번에도 이용운의 예상은 빗나갔다.

박건은 자신의 이름이 선발 라인업에서 빠진 것에 대해서 따지지 않았다.

더그아웃에 걸터앉아 골똘히 생각에 잠겨 있을 뿐이었다.

'무슨 생각을 저렇게 하는 거지?'

그런 박건의 모습을 지켜보던 이용운이 잠시 후 미소를 머금었다.

'거짓말했네.'

박건은 아까 자신의 말을 다 이해했다고 대답했다. 그렇지만 자존심 때문에 거짓말을 했던 것이었다.

아직까지도 자신이 했던 말을 제대로 이해하지 못했기 때문에 계속 그에 대해서 고민하는 것이었다.

'자존심은 강하네.'

픽 하고 실소를 터뜨린 이용운이 속으로 생각했다.

'나쁘지 않아.'

프로선수는 자존심이 강해야 했다.

자존심은 승부욕과 연관이 있었고, 결국 승부욕이 강해야만 더 좋은 선수로 발전할 수 있으니까.

그래서 기꺼운 표정을 짓던 이용운이 입을 뗐다.

"실망했냐?"

"왜 실망했냐는 겁니까?"

"오늘 경기 선발 라인업에서 빠져서 실망한 것 아냐?"

"…아쉽기는 합니다."

박건의 대답이 한 박자 늦게 돌아온 순간, 이용운이 덧붙였다.

"너무 실망할 것 없다. 비록 선발 라인업에서는 제외됐지만, 후배가 오늘 경기에 출전할 공산은 여전히 높으니까."

그 이야기를 들은 박건이 두 눈을 빛냈다.

여전히 이해하지 못했던 부분에 대한 질문을 할 기회가 찾아왔기 때문이리라.

"제가 오늘 경기에 출전할 것을 대체 어떻게 그렇게 확신하시는 겁니까?"

'쉽게 하자. 쉽게.'

박건의 이해력이 그다지 좋지 않다는 사실을 알고 있는 상황.

그래서 쉽게 설명하자고 각오를 다지며 이용운이 입을 뗐다.

"한창기 감독은 다시 경질되고 싶지 않을 테니까. 그래서 이번에는 프런트, 즉 송이현 단장과 대립각을 세우고 싶지 않아 할 것이다. 그러니 송이현 단장이 처음으로 영입한 선수인 후배를 경기에 출전시켜 기회를 주려고 할 것이다."

심원 패롯스와의 시즌 네 번째 대결에서만큼은 꼭 이기고 싶어 하는 강렬한 복수심.

최하위를 벗어나야 한다는 절박감 등등.

그 외에도 한창기 감독이 박건을 오늘 경기에 출전시킬 가능성이 높은 요인들은 여럿 존재했다.

그렇지만 구구절절 설명해 봐야 박건이 이해를 못 할 거라 판단한 이용운은 딱 한 가지 이유만 꺼낸 것이었다.

"그럴 수도… 있겠네요."

비로소 박건은 이해한 기색이었다.

그 모습을 확인한 이용운이 웃으며 덧붙였다.

"이제 편하게 경기 좀 보자."

＊　　　　＊　　　　＊

0-0.

경기는 투수전으로 진행됐다.

청우 로열스의 에이스 역할을 맡고 있는 외국인 투수 조던 픽스는 6이닝 동안 실점하지 않고 마운드를 책임졌다.

심원 패롯스의 선발투수인 고창선 역시 6이닝 무실점 역투를 펼쳤다.

7회 말, 청우 로열스의 공격.

두 개의 아웃카운트를 손쉽게 잡아냈던 고창선은 갑자기 흔들렸다.

"볼넷!"

연속 볼넷을 허용하며 2사 1, 2루의 위기에 몰렸고, 심원 패롯스의 감독인 김상문의 지시를 받은 투수코치가 마운드를 방문했다.

'교체?'

과감한 교체를 확인한 박건이 놀란 표정을 지었을 때였다.

"고창선 선수의 제구가 갑자기 흔들리자, 김상문 감독이 과감한 승부수를 빼 들었어요. 오늘 경기를 꼭 잡겠다는 의지가 느껴지네요. 고창선 선수 다음으로 마운드에 오르는 건 이민호 선수네요. 심원 패롯스 필승조에 속한 선수들 가운데 최근 가장 컨디션이 좋은 편이죠. 여기까지는 어느 정도 예상했던 수순입니다. 중요한 건 청우 로열스 한창기 감독의 대처죠. 타격감이 좋지 않은 이필교 선수를 믿고 내보내느냐? 대타 카드를 꺼내 드느냐? 어떤 선택을 내리느냐에 관심이 쏠리는데요."

인간은 적응의 동물이었다.

처음에는 이용운의 해설이 귀에 들릴 때마다 무척 신경이 쓰였는데.

이제는 어느 정도 적응이 돼서인지 그러려니 했다.

'참 성실하네.'

어차피 듣는 사람도 없는 상황.

그럼에도 불구하고 무척 열심히 해설을 하고 있는 이용운의 성실함에 박건이 내심 감탄하고 있을 때였다.

"뭐 해?"

이용운이 불쑥 물었다.

"경기 관전 중입니다."

아직 팀을 옮긴 지 얼마 안 된 상황.

친분이 있는 선수도 없었다.

그래서 더그아웃 구석에 혼자 덩그러니 걸터앉아서 경기를 지켜보던 박건이 대답하자, 이용운이 질책했다.

"움직여."

"왜요?"

"몸이 굳으면 안 되니까."

"……?"

"대타자로 출전할 준비를 해야지."

"대타자요?"

"이번에 대타자로 출전할 거야."

이용운이 확신에 찬 목소리로 덧붙였다.

'내가 대타자로 출전한다?'

아무런 준비 없이 맞닥뜨린 상황.

그로 인해 마음이 조급해진 박건이 더그아웃에서 서둘러 몸을 일으켰다.

'드디어 첫 출전인가?'

박건의 심장이 거칠게 뛰기 시작했을 때였다.

"정준수, 대타자로 출전한다."

한창기 감독의 지시가 떨어졌다.

*　　　　*　　　　*

7회 말, 2사 1, 2루 상황에서 대타자로 기용된 정준수가 타석을 향해 걸어갔다.

그 모습을 확인한 송이현이 미간을 찡그렸다.

"눈 마주쳤어요."

"누구와 눈이 마주쳤다는 겁니까?"

"한창기 감독과 분명히 눈이 마주쳤어요. 내가 박건 선수를 대타자로 기용하라고 강렬한 눈빛을 보냈는데, 왜 한창기 감독은 박건 선수가 아니라 정준수 선수를 대타자로 내보낸 걸까요?"

송이현이 언짢은 기색을 감추지 않고 드러낸 순간이었다.

"그래서일 겁니다."

"네?"

"캡틴과 눈이 마주쳐서 박건 선수가 아닌 정준수 선수를 대타자로 기용했을 겁니다."

제임스 윤의 대답이 돌아온 순간, 송이현이 의아한 시선을 던졌다.

"그게 무슨 뜻이에요?"

"한창기 감독은 일종의 시위를 한 겁니다."

"시위? 나한테요?"

"네. 캡틴에게 불만이 있으니까요."

"한창기 감독이 왜 내게 불만이 있는 거죠?"

송이현이 못마땅한 기색을 드러냈다.

물에 빠진 사람 구해주니 보따리 내놓으라 한다더니.

지금이 딱 그 짝이란 생각이 들었다.

한창기 감독은 심원 패롯스에서 성적 부진으로 경질돼서 백수 신세였다. 그리고 백수 신세를 탈출하게 해준 은인이 바로 송이현이었다.

그런데 자신에게 고마워하긴커녕 되레 불만을 품고 있다는 것이 송이현은 잘 이해가 가지 않는 것이었다.

"한창기 감독이 원하는 선수 영입을 해주지 않았으니까요."

그때, 제임스 윤이 대답했다.

그 대답을 들은 송이현이 억울한 표정을 지은 채 소리쳤다.

"박건 선수 영입해 줬잖아요."

"그 영입이 한창기 감독의 심기를 더 불편하게 만들었을 겁니다."

"왜요?"

"박건 선수의 잠재력을 한창기 감독은 모르니까요. 그의 입장에서는 헐값에 듣보잡 선수를 영입해서 생색을 냈다고 판단했을 겁니다."

"그래서… 박건 선수가 아닌 정준수 선수를 승부처에서 대타자로 기용한 거군요."

송이현이 말뜻을 이해한 순간, 제임스 윤이 칭찬했다.

"많이 발전하셨네요."

"뭐가 발전했다는 거죠?"

"야구를 보는 눈이요."

"……?"

"지금이 승부처라는 걸 알아챘으니까요."

제임스 윤에게서 칭찬을 받았지만, 송이현은 웃지 못했다.

승부처에서 박건이 아닌 정준수를 대타자로 기용한 한창기 감독의 선택으로 인해 오늘 경기에서도 패할 확률이 높았기 때문이었다.

부우웅.

그때, 대타자로 출전한 정준수가 크게 헛스윙을 했다.

"스트라이크아웃. 공수교대."

정준수는 헛스윙 삼진으로 물러나며 청우 로열스에게 찾아온 기회를 살리지 못했다.

그 모습을 확인한 순간, 송이현은 더욱 화가 났다.

"한창기 감독을 찾아가서 협박이라도 할까요?"

그래서 송이현이 말하자, 제임스 윤이 고개를 흔들었다.

"역효과가 날 뿐입니다."

"왜 역효과가 난다는 거죠?"

"한창기 감독, 고집이 보통이 아니거든요. 만약 캡틴이 박건 선수를 기용하라고 압력을 가하면, 계속 박건 선수를 기용하지 않을 확률이 높습니다."

송이현이 한숨을 내쉬며 제임스 윤을 바라보았다.

"참 잘했네요."

"뭘 말입니까?"

"한창기 감독을 영입하라고 추천한 게 제임스란 사실을 벌써 잊은 건 아니겠죠?"

송이현이 지적했지만, 제임스 윤은 당당했다.

"물론 잊지 않았습니다. 능력 있는 감독이거든요."

"하지만……."

"고집이 센 편이긴 하지만, 분명히 능력을 갖추고 있습니다. 그리고 제게 사용 설명서가 있습니다."

"사용 설명서요?"

"굳이 명칭을 붙이면 '한창기 감독 사용 매뉴얼'이라고 부르면 되겠네요."

"한창기 감독 사용 매뉴얼이오?"

"그런 의미에서 충고 하나 드릴까요?"

"어떤 충고인데요?"

"보지 마세요."

"뭘 보지 말란 거죠?"

"한창기 감독이오."

"……?"

"한창기 감독과 시선을 마주치지 말란 뜻입니다. 그래야 박건 선수를 경기에 출전시킬 겁니다."

'왜?'

제대로 말뜻을 이해하기 어려웠다. 그래서 송이현이 의아한 시선을 던졌지만, 제임스 윤은 자세한 설명을 해주지 않았다.

"그게 한창기 감독 사용 매뉴얼 1번 수칙입니다."

"눈을 마주치지 않는 게 1번 수칙이다?"

"못 믿으시겠습니까?"

"솔직히 믿기 어렵네요."

송이현이 대답하며 한창기 감독을 바라보고 있을 때, 제임스 윤이 질책했다.

"자꾸 보지 말라니까요."

*　　　*　　　*

0—1.

위기 뒤의 찬스라는 말.

괜히 있는 것이 아니었다.

7회 말 2사 1, 2루의 찬스를 살리지 못한 청우 로열스는 8회 초에 뼈아픈 실점을 허용했다.

선발투수인 조던 픽스가 2사 2루의 위기에서 적시타를 허용했다.

한 점 뒤진 채로 접어든 9회 말.

패색이 짙어진 상황이었지만, 한창기는 아직 경기를 포기하지 않았다.

'이기고 싶다!'

상대가 심원 패롯스였기 때문에 더 이기고 싶은 마음이 간절했다.

그래서 한창기는 심원 패롯스의 마무리투수인 윤길원을 상대로 대타 카드를 아낌없이 사용했다.

두 번째 대타 카드인 강동현은 삼진으로 물러나며 실패했지만, 세 번째 대타 카드인 안호선은 3볼넷을 얻어내며 출루에 성공했다

1사 1루 상황에서 타석에 등장한 김천수는 내야땅볼을 쳤다.

'더블플레이?'

3루수의 앞으로 빠르게 굴러가는 타구를 확인하고 한창기는 더블플레이가 될 확률이 높다고 판단했다.

그렇지만 운이 따랐다.

불규칙바운드가 발생하면서 심원 패롯스 3루수가 타구를 한 번에 처리하지 못하고 더듬은 것이었다.

더블플레이가 되면서 경기가 그대로 끝날 위기에서 1사 1, 2루 상황으로 바뀌었다.

'분위기가 변했다!'

심원 패롯스의 수비 실책이 나오면서 패색이 짙던 분위기가

갑자기 바뀌었다고 판단한 한창기가 손깍지를 꼈다.

1사 1, 2루 상황에서 타석에 들어선 것은 1번 타자 고동수.

최상의 상황은 경기의 균형을 맞추는 적시타를 때려내는 것이었다.

슈악.

딱.

그렇지만 한창기가 내심 바라던 최상의 상황은 나오지 않았다.

고동수가 때린 타구는 배트 하단에 맞고 크게 바운드를 일으켰다.

빠르게 대시한 3루수가 타구를 잡아서 1루로 송구했다.

"아웃!"

전력 질주 한 고동수가 간발의 차로 1루에서 아웃이 선언된 순간, 한창기는 안도감과 아쉬움을 동시에 느꼈다.

내야안타가 되지 못한 것이 아쉬웠지만, 타구의 바운드가 크고 속도가 느렸던 덕분에 더블플레이로 이어지지 않았던 것에 안도한 것이었다.

2사 2, 3루로 바뀐 상황.

한창기가 감독석에서 일어섰다.

대기타석에 서 있는 것은 2번 타자 서종욱.

그렇지만 서종욱은 최근 극심한 타격 부진에 빠져 있었다.

'서종욱과 무조건 상대하려 할 거야.'

비록 1루는 비어 있는 상황이지만, 3번 타자인 양훈정보다는 2번 타자 서종욱과 상대하는 편이 낫다.

김상문 감독은 이렇게 판단하고 있을 가능성이 높았다.

'대타자.'

거기까지 생각이 미친 순간, 한창기가 떠올린 해법은 대타자를 기용하는 것이었다.

그렇지만 오늘 경기에서 이미 세 명의 대타자를 기용한 상황.

남아 있는 대타자 요원이 마땅치 않았다.

"후우."

한창기가 길게 한숨을 내쉬며 고개를 들었다.

원정팀 응원석인 3루 측 관중석을 바라보던 한창기의 눈에 송이현 단장과 제임스 윤의 모습이 들어왔다.

'꼭 감시라도 당하는 것 같군.'

홈경기가 열릴 때마다, 송이현 단장은 꼭 원정팀 응원석인 3루 측 관중석에서 경기를 지켜보았었다.

그 모습이 꼭 1루 측 더그아웃을 사용하고 있는 자신과 선수들을 감시하기 위한 의도처럼 느껴졌다.

착각이 아니었다.

'아까도 눈이 마주쳤어!'

무의식중에 3루 측 관중석을 바라보았을 때, 송이현 단장과 눈이 마주쳤었다.

'이번엔 안 보고 있다.'

그런데 지금은 송이현 단장이 자신을 보고 있지 않았다.

그녀는 그라운드 쪽으로 시선을 던지고 있었다.

'왜 안 보는 거지?'

아까 시선이 부딪쳤을 때는 감시를 당한다는 느낌이 들어서 무척 불편하고, 또 부담스러웠었는데.

정작 송이현 단장의 시선이 자신에게 향해 있지 않다는 것을 확인하고 나자, 불쑥 불안감이 깃들었다.

데자뷔랄까.

심원 패롯스 감독직에서 경질되던 순간이 떠올랐다.

자신에게 경질을 통보하던 심원 패롯스의 단장 주태수는 끝까지 한창기의 시선을 피했다.

그리고 지금 송이현 단장이 자신의 시선을 피하고 있는 것이 마치 자신에게 실망한 증거처럼 느껴졌다.

'더 악화되면 안 돼!'

심원 패롯스 감독직에서 경질된 이유는 프런트와의 갈등.

그래서 한창기가 경각심을 느낀 순간이었다.

부우웅.

요란한 스윙 소리가 들려왔다. 그리고 마치 자신에게 시위라도 하듯이 스윙을 하는 것은 박건이었다.

제3장

　"한창기 감독이 던진 승부수가 통한 데다가, 운까지 따르면서 청우 로열스에 마지막 기회가 찾아왔습니다. 2사 2, 3루 상황. 안타 하나가 터지면 누상의 주자들을 모두 홈으로 불러들이면서 경기를 역전시킬 수 있습니다. 심원 패롯스의 김상문 감독은 1루가 비어 있는 상황에서 어떤 결정을 내릴까요? 아무래도 1루를 채울 가능성은 낮을 것 같습니다. 1루를 채우고 청우 로열스의 3번 타자인 양훈정 선수와 만루에서 상대하는 것은 심원 패롯스 김상문 감독의 입장에서도 부담스러울 테니까요. 그럼 청우 로열스 한창기 감독이 어떤 선택을 내리느냐에 관심이 쏠리는데요."

　'나쁘지 않네.'

　이용운의 해설을 듣고 있던 박건이 희미한 웃음을 머금었다.

불편함은 오래가지 않았다.

어느 정도 이용운이 하는 해설에 적응이 되고 나자, 오히려 신기한 느낌이 들었다.

꼭 TV로 야구 중계를 보는 기분이랄까.

차이점은 좀 더 현장감이 느껴진다는 것이었다.

선수들의 땀 냄새와 시큼한 흙냄새가 코끝을 찔렀으니까.

굳이 비유하자면, 냄새까지 전달되는 TV를 통해 야구 중계를 보는 것과 비슷했다.

"서종욱 선수의 최근 다섯 경기 성적은 18타수 2안타. 형편없는 수준입니다. 따라서 한창기 감독이 대타 카드를 꺼내 들 공산이 높은데, 문제는 청우 로열스에 남아 있는 대타 요원이 마땅치 않다는 것입니다."

'그렇지!'

박건이 이용운의 의견에 동조했다.

오늘 경기 승리에 대한 갈망이 커서일까.

한창기 감독은 이미 세 명의 대타자를 기용한 상황이었다. 그래서 더 이상 마땅한 대타 요원이 남아 있지 않은 상태였다.

'어떤 선택을 내릴까?'

자연스레 한창기 감독이 내릴 선택이 궁금해진 박건이 이어질 이용운의 해설에 귀를 기울였다.

그렇지만 이용운의 해설은 이어지지 않았다.

그 사실을 알아챈 박건이 물었다.

"왜 해설 안 하세요?"

잠시 후, 이용운의 대답이 돌아왔다.

"답답해서."

"네?"

"가만히 생각해 보니 지금 해설하고 있을 때가 아닌 것 같단 뜻이다."

"왜요?"

"뭐라도 좀 해라."

이용운이 언성을 높였다.

그 질책을 들은 박건이 억울한 표정을 지었다.

'할 게 없는데 뭘 하란 거야?'

선발 라인업에서 제외된 상황.

게다가 이미 청우 로열스의 9회 말 마지막 공격이 진행되고 있었다.

곧 경기가 끝날 마당인데 박건이 무엇을 할 수 있을까.

그때였다.

"무력시위라도 해."

"무력시위…요?"

"아까 내 해설 못 들었냐?"

"귀 기울여 듣고 있었는데요."

"그런데 왜 이러고 있어?"

"……?"

"아까 내가 뭐라 그랬어? 현재 청우 로열스에는 마땅한 대타 요원이 남아 있지 않다고 했잖아."

"그런데요?"

"아까 내가 실수했다. 한 명 남아 있거든."

"그게 누군데요?"

"너."

박건이 놀란 표정을 지었을 때였다.

"그런데 문제가 하나 있다."

"무슨 문제요?"

"한창기 감독이 후배를 잊고 있을 걸."

"왜 절 잊었단 말입니까?"

"그야 듣보잡이니까."

"쩝."

박건이 입맛을 다셨다.

한성 비글스에서 웨이버공시를 당한 후, 청우 로열스로 이적이 확정된 소식을 알리는 기사에 달려 있던 베스트 댓글은 '박건이 누군지 아는 사람?'이었다.

이게 박건이 듣보잡 취급을 받고 있는 증거.

그렇지만 면전에서 듣보잡이란 이야기를 듣고 기분이 좋은 사람이 누가 있을까.

해서 박건이 불만 섞인 표정을 지었을 때였다.

"그래서 무력시위라도 하라고 했던 거다."

"……?"

"한창기 감독에게 후배의 존재를 알려야 할 것 아니냐? 그래야 후배를 대타자로 기용할 확률이 높아질 테니까."

가만히 듣다 보니 옳은 이야기란 생각이 들었다. 그래서 마음이 조급해진 박건이 벌떡 일어나서 더그아웃을 빠져나가려 했을 때였다.

"무력시위를 하려면 무기가 있어야 할 것 아니냐?"

"무기요?"

"배트는 챙겨서 나가야지."

"아!"

자신의 실수를 뒤늦게 깨달은 박건이 배트를 챙겨서 한창기 감독의 앞으로 걸어갔다. 그리고 적당한 위치에 도착했다고 판단한 박건이 배트를 휘두르면서 무력시위를 할 채비를 마쳤을 때였다.

"더 가라."

"네?"

"삼 보 전진."

삼 보 전진하게 되면 도착할 위치를 가늠한 박건이 난색을 드러냈다.

한창기 감독의 바로 앞이라 그의 시야를 가릴 것을 우려했기 때문이었다.

그렇지만 이용운은 막무가내였다.

"시간 없다. 빨리 전진해."

"욕먹을 것 같은데요."

"욕 좀 먹으면 어때? 무력시위를 하려면 제대로 해야지."

'남의 일이라고 너무 막말하는 것 아닙니까?'

이렇게 소리치고 싶은 것을 꾹 참고 박건이 삼 보 전진했다.

짐작대로 한창기 감독과 시선이 맞닥뜨린 순간, 뒷걸음질을 치고 싶었다.

"위치 딱 좋네. 시작해."

그러나 이용운의 재촉을 받고 박건이 엉겁결에 무력시위를 시작했다.

부웅. 부우웅.

마치 타석에 선 것처럼 힘껏 스윙하고 있을 때, 이용운과 한창기 감독이 거의 동시에 입을 뗐다.

"스윙 폼 아주 좋아."

"뭐 해? 안 비켜?"

이용운이 건넨 칭찬은 제대로 귀에 들어오지 않았다.

한창기 감독이 언짢은 기색으로 꺼낸 말이 귀에 콕콕 틀어박혔기 때문이었다.

그로 인해 주눅이 든 박건이 배트를 내렸다.

'괜히 했어.'

박건이 내심 후회하면서 조용히 다시 더그아웃으로 걸어갈 때였다.

"어디 가?"

"네?"

"더 해."

"……?"

"대타자로 출전할 테니까 준비하라고."

＊　　　＊　　　＊

"대타자 박건입니다."

한창기 감독이 통보하면서 박건이 타석으로 걸어갔다.

'끝내기 기회가 주어졌다!'

청우 로열스로 이적한 후 첫 출전.

당연히 긴장이 될 수밖에 없었다.

게다가 첫 타석이 바로 끝내기안타를 기록할 수 있는 찬스라는 것으로 인해 더욱 긴장이 밀려들었을 때였다.

"내가 그랬잖아. 오늘 경기에 출전할 거라고."

예언이 적중했기 때문일까.

이용운이 거만한 목소리로 말했다.

그렇지만 박건은 그를 탓하지 못했다.

그의 지시대로 한창기 감독의 앞에서 무력시위를 하며 존재를 알린 덕분에 대타자로 출전할 기회를 얻은 셈이었기 때문이다.

"이제 어떻게 하면 될까요?"

"뭘 어떻게 해? 밥상 다 차려졌으니 떠먹기만 하면 되지."

끝내기 찬스가 주어졌으니, 끝내기안타를 때리라는 뜻이었다.

당연하다는 듯이 이용운이 말한 순간, 박건이 한숨을 내쉬었다.

말은 쉬웠다.

그렇지만 상황은 이용운의 말처럼 쉽지 않았다.

오랜만에 들어선 1군 무대 타석에서 긴장감을 몰아내고 심원 패롯스의 수준급 마무리투수인 윤길원을 상대로 끝내기안타를 터뜨리는 것.

결코 쉬운 일이 아니었기 때문이다.

슈아악!

"볼."

미처 정신을 차리기도 전에 윤길원이 초구를 던졌다.

바깥쪽 꽉 찬 코스로 파고든 직구를 주심이 외면한 순간, 스트라이크 판정에 불만을 품은 윤길원이 미간을 찌푸렸다. 그리고 미간을 찌푸린 것은 박건도 마찬가지였다.

'왜 말이 없어?'

이용운이 구종을 예측해서 알려주길 기다렸는데.

그는 침묵했다.

슈아악.

그사이, 윤길원이 2구를 던졌다.

역시 바깥쪽 꽉 찬 코스로 파고든 직구.

"볼."

박건이 물끄러미 지켜보았을 때, 주심은 다시 한번 볼을 선언했다.

윤길원이 더욱 미간을 찌푸렸지만, 주심의 표정은 단호했다.

"바깥쪽 낮은 코스의 공은 스트라이크를 잡아주지 않는다."

주심은 단호한 표정을 통해 이렇게 선언하는 것 같았다.

2볼 노 스트라이크.

볼카운트가 타자에게 유리하게 바뀌었다. 그렇지만 박건의 표정은 밝아지지 않았다.

이용운의 침묵이 길어졌기 때문이었다.

'설마… 간 것 아냐?'

지금은 무척 중요한 순간이었다.

그런데 중요한 순간에 이용운이 승천해 버린 게 아닐까 하는 우려가 든 것이었다.

그래서 박건이 초조한 기색을 드러냈을 때였다.

"기회가 왔다."

이용운의 목소리가 들려왔다.

'안 갔네.'

박건이 반가운 표정을 지은 순간, 이용운이 다시 입을 뗐다.

"걱정했냐?"

"무슨 걱정을요?"

"내가 떠났을까 봐 걱정했던 기색인 것 같은데?"

'눈치는 참 빨라!'

박건이 속으로 감탄하며 시치미를 뗐다.

"그런 것 아니거든요. 그보다 무슨 기회가 왔단 겁니까?"

이용운이 대답했다.

"네가 영웅이 될 기회."

*　　　*　　　*

"무조건 스트라이크가 들어올 거다."

이용운이 단언했다.

만약 볼이 하나 더 들어온다면?

3볼 노 스트라이크로 투수에게 압도적으로 불리한 볼카운트에 몰리게 되는 것이, 이용운이 무조건 스트라이크를 던질 거라고 단언한 이유였다.

그렇지만 박건은 순순히 수긍하는 대신 질문을 던졌다.

"유인구를 던질 수도 있지 않습니까?"

"그렇게 의심한 이유는?"

"1루가 비어 있으니까요."

안타 하나만 허용해도 역전이 되면서 경기가 끝날 수 있는 상황.

윤길원이 수준급 마무리투수라고 해도 쉽게 승부 할 수 있는 상황이 아니었다.

게다가 1루가 비어 있는 상황이니 자신과의 승부를 어렵게 가져갈 것이라고 생각한 게 박건이 유인구를 던질 가능성이 있다고 판단한 이유였다.

"쯧쯧."

그렇지만 이용운은 한심하다는 듯이 혀를 찼다.

그로 인해 박건이 발끈했을 때, 이용운이 덧붙였다.

"윤길원 입장에서 후배와 승부 하고 싶을까? 양훈정과 승부 하고 싶을까?"

"당연히… 저죠."

"잘 아네."

"제가 잘못했습니다."

박건이 빠르게 수긍한 순간, 이용운이 기꺼운 목소리로 말했다.

"빠르게 인정하는 자세, 아주 바람직하다. 양훈정보다는 듣보잡인 후배와 승부 하려 할 거다. 그러니 무조건 스트라이크를 던질 거야."

'또 듣보잡!'

자꾸 듣보잡이라는 표현을 사용하는 것으로 인해 빈정이 상했다. 그렇지만 박건은 꾹 눌러 참았다.

'내가 잘하면 해결될 문제야.'

야구를 잘하면 유명해질 터.

그럼 더 이상 듣보잡 소리를 듣지 않을 것이라고 판단했기 때문이었다.

그때였다.

"커브를 던질 거다."

이용운이 구종을 예측했다.

"왜 커브를 던질 거라고 판단한 겁니까?"

"후배가 신인이나 다름없으니까. 신인들은 유인구에 약하다. 이게 일반적으로 갖고 있는 생각이니까."

'결국 듣보잡이란 뜻이군.'

박건이 쓰게 웃으며 배트를 고쳐 쥐었다.

'의심하지 말자.'

이렇게 속으로 되뇌고 있을 때, 윤길원이 와인드업을 했다.

슈악.

'커브다.'

박건이 두 눈을 빛내며 힘껏 스윙했다.

＊　　　＊　　　＊

딱.

기대했던 경쾌한 타격음이 아니었다.

둔탁한 타격음이 흘러나온 순간, 박건이 미간을 슬쩍 찌푸렸다.

"쥐도 못 먹냐?"

이런 이용운의 핀잔이 환청처럼 들리는 것 같았다.

서둘러 타구의 궤적을 살피던 박건이 두 눈을 빛냈다.

배트 상단을 맞고 떠오른 타구를 2루수와 우익수가 쫓는 모습이 보였다.

'넘어가라. 넘어가라.'

1루를 향해 내달리면서도 타구의 궤적에서 시선을 떼지 못하던 박건이 오른 주먹을 불끈 움켜쥐었다.

타구를 쫓아가던 심원 패롯스의 2루수가 도중에 포기하고 멈추는 것을 발견했기 때문이었다.

우익수가 노바운드로 잡는 것은 불가능한 타구의 궤적.

끝내기안타가 됐다고 박건은 판단한 것이었다.

'이적 후 첫 타석, 처음으로 때린 안타가 끝내기안타다.'

홈 팬들이 쏟아내는 환호성이 환청처럼 들렸다.

청우 로열스 선수들이 우르르 그라운드로 달려 나와 끝내기안타를 때린 자신을 축하해 주는 모습이 눈앞에 그려졌다.

또, 포털사이트에 자신이 때린 끝내기안타와 관련된 기사들이 쏟아지는 것도.

'해냈다!'

박건이 1루 베이스를 밟은 후, 일부러 천천히 2루로 내달렸다.

너무 빨리 2루로 달려가면 청우 로열스 선수들이 축하하기 위해서 달려오는 것이 힘들 것을 배려해서였다.

'왜… 이렇게 팀원들이 달려 나오는 게 늦지?'

잠시 후, 의아한 기분을 느낀 박건이 홈플레이트 쪽으로 고개를 돌렸다.

"아웃!"

단호한 표정으로 2루 주자가 홈에서 아웃됐다고 선언하는 주심을 확인하고 당황했을 때, 이용운의 목소리가 들려왔다.

"꿈 깨라."

*　　　　*　　　　*

최종 스코어 1—3.

연장승부 끝에 청우 로열스는 심원 패롯스에 패배했다.

허무한 패배를 당한 순간, 박건은 못내 아쉬움을 느꼈다.

연패를 끊어내는 영웅이 될 수 있었던 기회가 허무하게 날아갔기 때문이었다.

대신 더그아웃에서 팀의 패배를 쓸쓸히 지켜볼 수밖에 없었다.

"아쉽냐?"

그때, 이용운이 물었다.

"많이 아쉽네요."

박건이 솔직하게 대답한 순간, 이용운이 위로했다.

"너무 아쉬워할 것 없다."

"아직 기회가 많이 남아 있어서요?"

"아니, 질 만했으니까."

'위로가 아니었네.'

박건이 쓴웃음을 머금었다.

역시 이용운은 따뜻한 위로를 해줄 사람이 아니었다.

'이 양반이 독설가란 사실을 잊지 말자.'

박건이 속으로 생각하고 있을 때, 이용운이 어김없이 독설을 시작했다.

"청우 로열스의 패인은 세 가지다. 우선 팀의 짜임새 면에서 차이가 컸다. 네가 대타로 출전해서 9회 말에 안타를 터뜨렸을 때가 그 짜임새의 차이가 극명하게 드러났던 순간이지. 심원 패롯스의 2루수가 타구를 잡을 수 없다고 빠르게 판단하고 멈춘 것. 아직 경기를 포기하지 않았다는 증거였지. 우익수가 송구하기 편하도록 도중에 멈췄고, 덕분에 우익수가 강한 어깨를 선보이며 홈에서 2루 주자를 잡아낼 수 있었지."

예리한 지적.

'괜히 해설위원이 아니네.'

박건이 속으로 생각할 때, 이용운의 분석이 이어졌다.

"두 번째 패인은 한창기 감독이다. 심원 패롯스에 대한 복수심 때문에 그는 승부욕을 불태웠어. 감독이 승부욕을 불태우는 것 자체는 나쁘지 않지만, 그 승부욕 때문에 흥분한 것은 문제가 되지. 한창기 감독이 너무 흥분해서 2루 주자를 대주자로 기용하지 않은 것, 그게 오늘 경기의 결정적인 패착 가운데 하나였다."

역시 정확한 분석이었다.

만약 한창기 감독이 2루 주자였던 김천수를 발이 빠른 대주자로 교체했다면?

비록 짧은 안타였다고 하나, 박건이 안타를 때렸을 때 2루 주자가 홈에서 세이프가 됐을 가능성이 높았다.

"마지막 패인은… 후배다."

박건이 두 눈을 치켜떴다.

앞서 이용운이 지적했던 청우 로열스의 두 가지 패인은 수긍할 수 있었다. 그렇지만 자신이 마지막 세 번째 패인이라는 지적에는 수긍하기 힘들었다.

"제가 왜 패인이라는 겁니까?"

해서 박건이 발끈하며 질문하자, 이용운이 대꾸했다.

"쳐도 못 먹었잖아?"

'왜 이 말을 안 하나 했다.'

박건이 속으로 생각하면서 한숨을 내쉬었을 때였다.

"빗맞은 안타가 아니라, 우중간을 가르는 장타를 때려냈으면 청우 로열스가 이겼을 것 아냐? 그러니 후배가 패배의 원흉이라 할 수 있지."

속이 쓰렸다.

그렇지만 더 속상한 것은 반박할 말이 마땅찮다는 것이었다.

'궤적 예측이 잘못됐어.'

윤길원이 커브를 던질 것을 예측했다.

박건도 의심하지 않고 커브를 노려서 공략했다.

그럼에도 불구하고 정타가 아닌 배트 상단을 맞은 빗맞은 타구가 나온 것은 윤길원이 던졌던 커브의 궤적이 박건의 예측보다 덜 꺾였기 때문이었다.

'결국 내가 부족했어.'

박건이 자책하고 있을 때, 이용운이 입을 뗐다.

"내 실수다."

"왜 선배님 실수라는 겁니까?"

"내가 오판했거든."

"커브가 들어왔는데요?"

박건이 의아한 표정으로 질문한 순간, 이용운이 대답했다.

"내가 오판한 건 구종 예측이 아니다. 후배를 오판했다는 뜻이지."

"……?"

"후배를 너무 과대평가했다."

*　　　*　　　*

사람은 쉽게 변하지 않는다는 말이 사실이었다.

이용운의 독설은 죽고 난 지금도 여전했다.

그때였다.

"뭐, 그래도 아주 나쁘기만 한 데뷔전은 아니었다."

"제가 패배의 원흉이라면서요?"

빈정이 상한 박건이 언성을 높이자, 이용운이 대답했다.

"그래도 배운 게 있잖아."

"뭘 배웠습니까?"

"후배를 과대평가하면 안 된다는 것."

"쩝."

"그리고 후배가 구축해야 할 이미지를 알 수 있었다."

"이미지…라니요?"

박건이 말뜻을 제대로 이해하지 못하고 질문하자, 이용운이 사과했다.

"아, 나의 실수. 또 후배를 과대평가했네. 좀 더 쉽게 설명했어야 했는데."

'이 사람이 진짜, 아니, 이 귀신이 진짜?'

머리꼭대기까지 화가 치민 박건이 미간을 찌푸렸을 때였다.

"승부를 한 방에 뒤집을 수 있는 홈런타자, 방망이를 거꾸로 쥐고 타석에 들어서도 3할을 기록하는 교타자, 발이 무척 빨라서 내야땅볼을 쳐도 내야안타를 만들어낼 수 있는 주루 능력이 좋은 타자 등등. 야수들은 각자 이미지가 있다. 그리고 이런 이미지는 무척 중요하다. 팬들의 머릿속에 각인이 되거든."

이용운이 이미지에 대해서 설명했다.

그 설명을 들은 박건이 물었다.

"그럼 제가 구축해야 하는 이미지는 대체 뭡니까?"

이용운이 망설이지 않고 대답했다.

"해결사."

*　　　　*　　　　*

청우 로열스와 심원 패롯스의 정규시즌 5차전.

올 시즌 상대 전적에서 4전 전패로 밀리고 있는 청우 로열스의 한창기 감독은 어제의 아쉬운 패배를 되갚아주기 위해서 외국인 투수인 라이언 벤슨을 선발투수로 내세웠다.

"역시 부족했어요."

어제 경기에 이어 오늘 경기에도 선발 라인업에서 제외된 것을 확인한 박건이 한숨을 내쉬었다.

만약 어제 경기에서 끝내기안타를 터뜨리며 좀 더 강렬한 임팩트를 남겼다면?

오늘 경기에 선발 출전할 수 있었을 것이었다는 생각이 들어서 박건이 아쉬운 기색을 감추지 못하고 있을 때였다.

"오히려 선발 라인업에서 빠진 게 잘된 일인지도 모른다."

이용운이 말했다.

"왜입니까?"

"어제와는 상황이 달라졌으니까. 비록 희미하긴 하지만 후배가 존재감을 드러낸 덕분에 상황이 달라졌지."

이용운의 대답을 들은 박건이 절레절레 고개를 흔들었다.

'희미한'이라는 단어는 굳이 사용하지 않아도 됐을 거란 생각이 들어서였다. 그러나 이용운은 아랑곳하지 않고 말을 이었다.

"그리고 후배의 이미지 구축을 위해서도 선발 출전하는 것보다 경기 도중에 대타자로 출전하는 편이 낫다."

"해결사 이미지요?"

"그래. 승부처에 등장해서 결정적인 순간에 적시타를 터뜨리면 해결사 이미지가 부각될 테니까."

아주 틀린 말은 아니었다.

그래서 박건이 고개를 끄덕일 때, 이용운이 다시 입을 뗐다.

"시기가 딱 좋아."

"무슨 시기가 좋다는 겁니까?"

"영웅은 난세에 등장하는 법이거든."

'영웅? 난세? 소싯적에 무협소설 많이 읽었나 보네.'

이용운이 사용하는 고루한 표현들을 듣던 박건이 실소를 터뜨렸을 때였다.

"왜 웃어?"

"그게……."

"난세란 표현이 이상해? 청우 로열스가 꼴찌를 하고 있는 데다가 딱히 반등할 요인도 없는 지금 상황 정도면 난세란 표현을 쓰기에 딱 적당하지 않아?"

괜한 입씨름을 하고 싶지 않았다.

"난세의 영웅이란 표현, 지금 상황에 딱 어울리는 표현이네요."

그래서 시큰둥한 목소리로 대꾸한 박건이 질문을 던졌다.

"그런데 제가 영웅이 될 기회가 과연 찾아오긴 할까요?"

*   *   *

0—3.

5회 초, 심원 패롯스의 공격이 끝났을 때의 스코어였다.

5이닝 3실점.

청우 로열스의 선발투수로 등장한 라이언 벤슨은 괜찮은 투구를 하고 있었다.

4회 초 수비에서 심원 패롯스의 3번 타자 홍대광에게 스리런

홈런을 허용한 것이 뼈아팠지만, 그는 선발투수로서의 임무를 어느 정도 해낸 셈이었다.

그럼에도 불구하고 청우 로열스가 뒤지고 있는 이유는 터지지 않는 타선이었다.

'답답하네.'

더그아웃에서 경기를 지켜보고 있는 박건도 답답함을 느낄 정도이니 더 말해 무엇 할까.

그때였다.

"준비해라."

이용운이 불쑥 말했다.

"갑자기 뭘 준비하란 겁니까?"

박건이 의아한 표정을 지은 채 질문하자, 이용운이 대답했다.

"이번 이닝에 대타자로 출전할 가능성이 높다."

"왜요?"

"권태홍이 5회에도 마운드에 올라왔거든."

권태홍은 심원 패롯스의 김상문 감독이 선발투수로 출전시킨 선수였다.

심원 패롯스의 5선발.

그리고 권태홍은 산발 4안타를 허용했지만, 5회까지 무실점으로 틀어막으며 기대 이상의 호투를 펼치고 있었다.

"오늘 컨디션 엄청 좋은 것 같은데요."

박건이 마운드에 서 있는 권태홍을 힐끗 살핀 후 말하자, 이용운도 수긍했다.

"컨디션 괜찮아 보이네."

"그런데 왜⋯⋯?"

"늘 그랬어."

"네?"

"4회까지는 항상 괜찮은 투구를 했다고. 그런데 권태홍이 왜 심원 패롯스의 1선발이 아니라 5선발일까?"

"그건⋯ 모르겠는데요."

권태홍이 4회까지 항상 괜찮은 투구를 한 편이었다는 사실도 방금 이용운에게 들어서 알게 됐다.

그런데 권태홍이 왜 심원 패롯스의 1선발이 아니라 5선발을 맡고 있는지 박건이 이유를 알고 있을 리 없었다.

그래서 솔직하게 모른다고 대답하자, 이용운이 사과했다.

"미안. 내가 또 실수했다."

"무슨 실수를 했는데요?"

"후배를 너무 과대평가했어."

"공부할게요. 공부하면 될 것 아닙니까?"

박건이 공부하겠다는 의욕을 드러냈지만, 이용운이 말렸다.

"됐다. 공부도 생각도 내가 할 테니 후배는 야구나 열심히 해라."

"그럼 구박을 하지 말든가요."

"알았다. 무식이 죄는 아니니까."

'이 양반이 진짜!'

박건이 주먹을 불끈 움켜쥔 순간이었다.

"주먹 풀어라. 어차피 때리지도 못하니까."

'그래. 귀신이지.'

수시로 대화를 나누기 때문일까.

최근 들어 박건은 이용운이 귀신이란 사실을 깜박하는 경우가 잦아졌다.

'귀신한테 화내서 뭐 하겠어? 알고 보면 불쌍한 사람, 아니, 귀신이다. 장례식장에 화환도 몇 개 도착하지 않았던 불쌍한 귀신.'

박건이 마인드컨트롤을 할 때였다.

"내가 불쌍해?"

'하여간 귀신이 따로 없다니까. 아니, 그냥 귀신이지.'

또 한 번 속마음을 들킨 박건이 속으로 혀를 내두르고 있을 때, 이용운이 말했다.

"그럼 내 부탁 하나 들어줄래?"

*　　　*　　　*

"싫은데요."

박건이 일말의 망설임도 없이 거절했다.

이용운이 꺼낸 부탁이란 단어를 듣는 순간, 귀찮은 일에 휘말릴 거란 예감이 딱 들었기 때문이었다.

"야, 아직 부탁을 꺼내지도 않았어. 거절을 하더라도 일단 어떤 부탁인지는 들어보고 난 후에……."

"듣고 싶지 않습니다."

귀찮은 일에 휘말리는 것.

딱 질색이었다. 그래서 박건이 단칼에 잘라 거절하자, 이용운이 서운한 기색을 드러냈다.

"매정한 놈. 내가 불쌍하다며?"

"불쌍하죠."

"그런데 부탁 하나 들어주는 것도 못 해?"

"제 코가 석 자인 상황이라서요."

"알았다."

'응? 왜 이렇게 빨리 포기하는 거지?'

이용운이 알았다고 대답한 순간, 박건이 오히려 당황했다.

예상보다 너무 쉽게 포기했기 때문이었다.

'무슨 꿍꿍이가 있는 것 아냐?'

박건이 이런 의심을 품었을 때, 이용운이 다시 입을 열었다.

"아까 하던 얘기부터 마저 하자. 권태홍이 왜 심원 패롯스의 1선발이 아니라 5선발을 맡고 있느냐면……."

"잠깐만요."

"무슨 할 말 있어?"

"왜 이렇게 빨리 포기하시는 겁니까?"

박건이 호기심을 이기지 못하고 묻자, 이용운이 대답했다.

"후배가 무척 냉정하단 사실을 알았으니까. 그래서 나도 전략을 바꾸기로 했다."

"어떻게요?"

"나도 계산적인 사람, 아니, 계산적인 귀신이 되기로."

제4장

'내 코가 석 자인 상황이라.'

아까 박건이 한 말을 속으로 되뇌던 이용운이 쓰게 웃었다.

틀린 이야기가 아니기 때문이었다.

간신히 은퇴 위기에서 벗어나 청우 로열스로 이적하는 데 성공했지만, 박건은 아직 제대로 자리를 잡지 못한 상태였다.

이런 상황에서 자신의 부탁을 들어달란 이야기를 꺼냈으니 박건도 부담스러우리라.

'일단 두 자 정도로 코를 줄여놓고 난 후에 다시 이야기하자.'

박건이 확실하게 자리를 잡게 만드는 게 우선이라고 이용운은 판단한 것이었다.

그리고 아까 했던 말은 빈말이 아니었다.

무료 봉사는 체질에 맞지 않았다.

좀 더 계산적인 사람, 아니, 좀 더 계산적인 귀신이 되기로 이용운은 결심했다.

어쨌든 지금은 박건의 코를 두 자 정도로 줄이는 것이 급선무라고 판단한 이용운이 입을 열었다.

"권태홍이 심원 패롯스의 1선발이 아니라, 5선발을 맡고 있는 이유는 5회가 되면 귀신같이 흔들리기 때문이다."

"체력에 문제가 있는 겁니까?"

"체력은 문제없어."

"그런데 왜?"

"문제는 멘탈이지. 승리투수 요건을 갖추거나, 승리투수가 될 가능성이 보이면 갑자기 흔들리기 시작해."

이용운이 맞은편 더그아웃에 앉아 있는 심원 패롯스 김상문 감독을 살폈다.

김상문 감독이라고 해서 이 사실을 모를까.

그럴 리 없었다.

실제로 이용운은 생전에 해설위원으로 일할 때, 권태홍이 멘탈적인 문제를 안고 있음을 여러 차례 지적했었다.

그럼에도 불구하고 김상문 감독은 오늘 경기에서 5회에도 권태홍을 마운드에 올렸다.

'경험이 더 쌓이면 괜찮아질 거다.'

이렇게 안이하게 판단하고 있을 확률이 높았다.

'패착!'

김상문 감독을 바라보던 이용운이 이렇게 판단했을 때였다.

"볼넷."

권태홍은 5회 말 청우 로열스의 첫 타자인 구창명을 볼넷으로 1루에 내보냈다.

다음 타자인 김천수를 삼진으로 잡아내며 아웃카운트를 하나 잡아냈지만, 후속 타자인 조두철에게 다시 볼넷을 허용했다. 그리고 1사 1, 2루 상황에서 고동수에게 몸에 맞는 볼을 허용하면서 만루 위기를 자초했다.

'때가 됐다.'

김상문 감독이 더 버티지 못하고 감독석에서 일어서는 것을 확인한 이용운이 소리쳤다.

"준비해라."

*   *   *

"박건, 대타자로 나간다."

한창기 감독의 지시가 떨어졌다.

배트를 챙겨서 타석을 향해 걸어가던 박건이 속으로 혀를 내둘렀다.

'귀신이 따로 없네. 아니, 귀신이구나.'

이용운이 했던 예측들.

족집게처럼 적중하고 있었다.

일단 심원 패롯스의 선발투수인 권태홍이 5회가 되면 흔들릴 거란 예측이 적중했다.

볼넷 두 개에 사구 하나.

권태홍은 안타 하나 허용하지 않고 1사 만루의 위기를 자초했다.

그리고 박건이 어제 경기에서 희미한 존재감을 드러낸 덕분에 오늘 경기에 대타자로 출전할 거란 예상도 적중했다.

'밥상은 다 차려져 있는데.'

1사 만루 상황에서 타석에 들어설 채비를 하던 박건이 바뀐 투수인 이민호를 힐끗 노려보았을 때였다.

"초구를 노려라."

이용운이 조언했다.

"왜 초구를 노리란 겁니까?"

"그게 정석이니까."

—바뀐 투수의 초구를 노려라.

야구계에 정설처럼 떠도는 말이었다.

"쉽게 말해 정신 못 차릴 때 공략하란 뜻이지."

"하지만 구종도 모르는 상황에서 무작정 공략하는 것은……."

"초구는 직구가 들어올 거다."

이용운이 확신에 찬 목소리로 꺼낸 예측을 들은 박건이 의아한 표정을 지었다.

"왜 이민호가 초구로 직구를 던질 거라고 예상하시는 겁니까?"

"네가 어제 윤길원의 커브를 받아쳐서 끝내기안타가 될 뻔했었던 안타를 때려냈으니까."

"……?"

"변화구는 위험하다. 차라리 직구로 윽박지르자, 이렇게 판단

96 내 귀에 해설이 들려

했을 거다. 그리고 코스는 바깥쪽일 거다."

"왜 바깥쪽 직구가 들어올 거라고……?"

"시간 없다. 설명은 나중에 하자."

주심이 어서 타석으로 들어서라고 재촉하는 것을 뒤늦게 알아챈 박건이 크게 숨을 들이쉰 후 걸음을 옮겼다.

'바깥쪽 직구!'

아직 이용운에게서 이유는 듣지 못한 상태였다. 그렇지만 박건은 의심하는 대신, 확신을 가졌다.

지금까지 거의 들어맞혔던 이용운의 예측들은 박건에게 확신을 심어주기에 충분했으니까.

'이제부터가 내 몫이야.'

커브라는 구종이 들어올 것을 예상하고 있었음에도 불구하고 정타를 만들어내지 못했던 어제 경기의 타석.

박건에게 좋은 교훈을 줬다.

윤길원에 대한 공부가 부족했다는 것을 절감했던 박건은 심원 패롯스 필승조에 속해 있는 불펜투수 이민호에 대해서 공부했다.

'직구 구속은 140㎞대 초반.'

타이밍을 가늠하며 박건이 타석에서 잔뜩 웅크리고 있을 때였다.

슈아악.

와인드업을 마친 이민호의 손에서 공이 떠났다.

'바깥쪽 직구.'

박건이 두 눈을 빛내며 힘껏 배트를 휘둘렀다.

따악.

묵직한 타격음이 흘러나온 순간, 박건이 배트를 내던지고 1루로 내달렸다.

우중간을 가른 타구는 원바운드로 펜스를 직격했다.

타다다닷.

1루 베이스를 통과해 2루 베이스 근처에 도착한 박건이 타구의 위치를 확인하기 위해서 속도를 조금 줄였다. 그리고 막 고개를 돌리려 했던 순간이었다.

"3루까지 달려."

이용운의 목소리가 들려왔다.

'무리가 아닐까?'

직접 타구를 확인하지 않았기 때문에 불안감이 깃든 순간이었다.

"내가 보고 있다. 그러니까 후배는 달리기나 해."

이용운이 덧붙인 말을 들은 박건이 고민을 끝냈다.

고개를 돌려 타구를 확인하는 대신, 박건이 달리던 속도를 끌어 올리며 2루 베이스를 통과했다.

"헤드퍼스트슬라이딩!"

이용운이 다급하게 소리치는 것을 들은 박건이 헤드퍼스트슬라이딩을 시도했다.

3루 베이스에 오른손 끝이 닿은 순간, 박건의 등에 태그가 되며 충격이 전해졌다.

"세이프."

3루심이 양팔을 가로로 벌리며 세이프를 선언한 순간, 박건이 쾌재를 불렀다.

'해냈다.'

주자만루 상황에서 터진 싹쓸이 3루타.

3—3.

경기의 균형이 맞춰진 순간, 박건이 유니폼 상의에 묻은 흙을 털며 환하게 웃었다.

*   *   *

대주자와 교체된 박건이 천천히 더그아웃으로 돌아올 때였다.

"어제보다는 나았다."

이용운이 칭찬했다.

그 칭찬을 들었음에도 박건은 아쉬움을 느꼈다.

"끝내줬다."

이게 박건이 내심 바랐던 칭찬이었기 때문이다.

그렇지만 박건은 이내 아쉬움을 털어냈다.

'해설계의 독설가'란 별명답게 이용운은 칭찬에 무척 인색한 편이었다.

그런 그에게서 이 정도 칭찬을 받은 것으로 일단 만족하기로 한 것이었다.

그때였다.

"한창기 감독도 어제보다는 낫네."

이용운이 한창기 감독을 칭찬했다.

"왜 낫다는 겁니까?"

"실수를 반복하지 않으니까."

"······?"

"대주자를 기용했지 않느냐?"

"아."

비로소 말뜻을 이해한 박건이 더그아웃 앞에 도착했을 때였다.

"박건."

"······."

"박건, 내 말 안 들려?"

한창기 감독이 불렀다.

그렇지만 박건은 듣지 못했다.

한창기 감독이 오른쪽에서 불렀기 때문이었다.

"쌩까냐?"

"네?"

"대타자로 출전해서 안타 하나 때리고 나니까 벌써 대스타라
도 된 것 같아? 왜 한창기 감독이 부르는데 대답 안 해?"

이용운의 핀잔을 듣고서야 박건은 한창기 감독이 자신을 불
렀다는 사실을 알아챘다.

"감독님, 부르셨습니까?"

"못 들었어?"

"네? 그게······."

"어지간히 흥분 상태인가 보군."

다행히 한창기 감독은 언짢은 기색이 아니었다.

대타자로 출전해서 동점을 만드는 싹쓸이 3루타를 때려낸 탓에 너무 흥분한 상태라 못 들은 거라고 판단했기 때문이었다.

"수고했다. 아니, 잘했다."

그때, 한창기 감독이 덧붙였다.

"감사합니다."

내심 바라고 있던 칭찬을 들은 박건의 표정이 밝아졌다. 그리고 더그아웃으로 돌아와 걸터앉은 후에도 흥분은 쉬이 가라앉지 않았다.

잠시 여운을 느끼던 박건이 두 눈을 빛냈다.

'확실히… 도움이 된다.'

이용운은 파트너로서 박건에게 도움을 주고 있었다.

볼배합 예측만이 아니었다.

주루플레이에서도 도움이 됐다.

'만약 내가 속도를 줄이며 고개를 돌려서 타구를 확인했다면?'

간발의 차로 3루에서 세이프 선언이 됐던 만큼, 박빙의 승부가 펼쳐졌던 3루에서 아웃이 됐을 확률이 높았다.

이용운이 박건을 대신해서 송구가 중계되는 과정을 지켜보면서 3루를 노리라고 알려준 덕분에 세이프 선언을 받을 수 있었던 것이었다.

잠시 후, 박건이 입을 뗐다.

"아직 못 들었습니다."

"뭘 못 들어?"

"아까 타석에 들어서기 전에 이민호가 초구로 바깥쪽 직구를 던질 거라고 예측하셨던 이유 말입니다."

박건이 호기심을 이기지 못하고 질문한 순간, 이용운이 대답했다.

"알 것 없어."

*　　　　*　　　　*

「6연패의 수렁에 빠진 리그 최하위 팀 청우 로열스. 과연 반등의 기회는 있을까?」

관중석에서 스마트폰으로 포털사이트에 떠올라 있는 기사를 읽던 송이현이 한숨과 함께 입을 뗐다.

"아쉽네요."

그 이야기를 들은 제임스 윤이 물었다.

"어제 경기 패배가 많이 아쉽습니까?"

"아쉽지 않다면 거짓말이겠죠."

1사 만루 상황에서 대타자로 등장한 박건이 싹쓸이 3루타를 터뜨린 덕분에 석 점 차로 끌려가던 경기는 동점이 됐다.

분위기가 일거에 반전된 상황.

게다가 1사 3루의 기회가 이어졌다.

외야플라이만 나오더라도 역전을 만들 수 있었던 상황.

그렇지만 청우 로열스 타선은 추가점을 만들어내지 못했다.

3번 타자 양훈정이 삼진으로 물러났고, 4번 타자 앤더슨 쉴즈가 내야땅볼로 물러났기 때문이었다. 그리고 찬스를 살리지 못했던 청우 로열스는 8회 초에 뼈아픈 실점을 허용하면서 한 점 차로 패했다.

무척 아쉬운 패배.

그렇지만 송이현이 아까 아쉽다고 표현한 이유는 이것 때문만은 아니었다.

다른 이유가 하나 더 있었다.

"만약 어제 경기에서 승리를 거두었다면 박건 선수의 활약이 부각됐을 텐데, 그렇게 되지 못해서 아쉬워요."

박건은 송이현이 청우 로열스의 단장으로 부임한 후, 처음으로 영입한 선수.

팀의 패배로 인해 대타자로 출전했던 박건의 활약이 이틀 연속 부각되지 못하고 묻혀 버린 점이 못내 아쉬운 것이었다.

"너무 아쉬워하지 마십시오. 어둠이 깊을수록 별은 더욱 빛나는 법이니까요."

"팀의 6연패를 끊는 활약을 박건 선수가 펼치면 더 빛이 날 거란 뜻인가요?"

"맞습니다."

아주 틀린 말은 아니었다.

그럼에도 불구하고 송이현의 표정은 밝아지지 않았다.

"그럴 기회가 주어질까요?"

"네?"

"오늘도 박건 선수가 선발 라인업에서 제외됐거든요."

송이현이 말하자, 제임스 윤이 웃으며 대답했다.

"당연한 겁니다."

"당연하다고요? 한창기 감독이 똥고집을 부리는 게 아니고요?"

"박건 선수를 선발 출전시키기에는 너무 이르다고 판단하고 있을 겁니다. 아직 검증이 덜 끝났으니까요."

"무슨 검증이요?"

"수비와 주루 등이 아직 못 미더울 겁니다."

"그럼 아직 갈 길이 머네요."

제임스 윤의 대답을 듣고 한숨을 내쉰 송이현이 말했다.

"지름길로 갈까요?"

"지름길이요?"

"협박을 하는 거죠. 단장이 내가 책임질 테니 박건 선수를 선발 라인업에 포함시켜라. 만약 내 지시대로 하지 않으면 경질할 거다. 이렇게요."

송이현이 방법을 제시하자, 제임스 윤이 고개를 흔들었다.

"역효과만 날 겁니다."

"진짜 경질해 버리면 되잖아요?"

"그건 안 됩니다."

"왜 안 된다는 건데요?"

"능력 있는 감독이니까요."

제임스 윤이 앵무새처럼 똑같은 대답을 꺼낸 순간, 송이현이 못마땅한 기색을 드러냈다.

"놀고 있는 좋은 감독들 중에 한 명 고르면 되죠."

"좋은 감독은 청우 로열스로 안 올 겁니다."

"왜 안 온다는 거죠?"

"본인의 커리어를 망치기 싫을 테니까요."

제임스 윤의 대답을 들은 송이현이 한숨을 내쉬었다.

"우리 팀이 그 정도로 형편없는 팀인가요?"

"네."

"듣고 나니 슬프다."

"그리고 하나 더 이유가 있습니다."

"무슨 이유죠."

"캡틴요."

"나요?"

"야알못 낙하산 단장과 함께 일하려는 감독은 별로 없습니다. 게다가 한국 사회의 남성들은 여성 상사를 모시는 데 거부감을 갖고 있습니다. 이것이 제가 한창기 감독을 영입했고 두둔하는 이유입니다."

"……?"

"현재 청우 로열스가 영입할 수 있는 후보군들 가운데서는 가장 능력이 뛰어난 감독이었거든요."

송이현이 반박하지 못하고 한숨을 내쉬었다.

"그럼 이제 어쩌면 되죠?"

"기다려야 합니다."

"언제까지요?"

제임스 윤이 대답했다.

"박건 선수가 한창기 감독의 신뢰를 얻을 때까지요."

*   *   *

청우 로열스와 심원 패롯스의 3연전 마지막 경기.

5전 전패.

올 시즌 상대 전적에서 심원 패롯스에게 밀리고 있는 한창기 감독의 표정은 어제와 또 달랐다.

무슨 수를 써서라도 오늘 경기에서는 승리를 거둬서 스윕 패만은 당하지 않겠다는 비장함이 묻어나고 있었다.

그렇지만 경기는 한창기 감독의 바람처럼 흘러가지 않았다.

청우 로열스의 선발투수인 권수현이 1회 초에 제구 난조를 드러내며 먼저 2실점을 허용한 후, 줄곧 끌려가고 있었다.

7회 초 심원 패롯스의 공격이 진행되고 있는 현재 스코어는 1—2.

더그아웃에서 경기를 지켜보고 있던 박건은 문득 아쉬움을 느꼈다.

경기에 출전할 기회를 얻지 못해서가 아니었다.

음 소거를 해두고 TV를 보는 것처럼 이용운의 해설이 들리지 않자 허전함과 아쉬움을 동시에 느낀 것이었다.

"선배님."

"……."

"해설 안 하세요?"

"……?"

"열혈 팬이 선배님의 해설을 기다리고 있는데."

박건이 먼저 말을 걸어보았지만, 이용운은 해설을 시작하지 않았다.

"스트라이크아웃. 공수교대."

그사이, 7회 초 심원 패롯스의 공격이 끝이 났다.

7회 말 청우 로열스의 공격은 1번 타자 고동수부터 시작이었다.

'타순은 좋아.'

추격의 마지막 기회일 수도 있다고 박건이 판단한 순간이었다.

"준비해라."

이용운이 길었던 침묵을 깨뜨렸다.

"왜 계속 침묵하셨던 겁니까?"

박건이 반가운 표정으로 질문하자, 이용운이 시큰둥한 목소리로 대꾸했다.

"충고를 따르기로 했다."

"무슨 충고요?"

"내가 말이 너무 많다고 탓하지 않았느냐? 그래서 앞으로 말수를 좀 줄이기로 했다."

'왜 이래?'

평소와 달리 목소리를 잔뜩 내리깔고 있는 이용운에게 박건이 의구심을 품었을 때였다.

"준비하라니까."

이용운이 재촉했다.

"제가 대타자로 나갑니까?"

"고동수가 출루하면 대타자로 출전할 확률이 높지."

'정말 그렇게 될까?'

박건이 그라운드를 지켜보고 있을 때였다.

슈악. 퍽.

7회 말의 선두타자인 고동수가 사구를 맞고 고통을 호소하며 1루로 출루했다.

"박건, 대타자로 출전한다."

이번에도 이용운의 예측이 적중했다.

고동수가 출루에 성공하자마자, 한창기 감독은 박건을 대타자로 기용했다.

'좀 이르지 않나?'

대타자 출전을 지시받은 박건이 아쉬움을 느꼈다.

이전 두 타석에 비해서 밥상이 덜 차려진 느낌이었기 때문이었다.

"집중해라."

이용운의 충고를 듣고서야 박건이 상념에서 깨어났다. 그리고 상대해야 할 헨리 스탠튼을 바라보았다.

심원 패롯스의 1선발이자 에이스 역할을 맡고 있는 외국인 투수 헨리 스탠튼은 위력적인 투구를 줄곧 선보였다.

'어떻게 상대하지?'

박건이 고민하고 있을 때, 이용운이 말했다.

"작전이 걸릴 거다."

"작전…요?"

"히트앤드런 작전이 걸릴 확률이 높다. 그러니 눈 크게 뜨고 확인해라."

이용운의 말대로였다.

히트 앤드 런 작전이 걸렸다는 것을 확인한 박건이 혀를 내밀어 마른 입술을 적셨을 때였다.

"고동선이 스타트를 끊을 테니 자연히 1, 2루 간격이 넓어질 거다. 1, 2루 간으로 타구를 보내면 안타가 될 확률이 높지."

그 정도는 박건도 알고 있었다.

문제는 타구를 1, 2루 간으로 보내는 팀배팅을 하는 것이 쉬운 일은 아니라는 점이었다.

그때, 이용운이 충고했다.

"결대로 밀어 쳐라."

"……?"

"바깥쪽 직구가 들어올 테니까."

'바깥쪽 직구?'

아까와는 상황이 달라졌다.

만약 이용운이 한 방금 예측이 정확하다면?

결대로 밀어 쳐서 1, 2루 간으로 타구를 보낼 자신이 있었다.

그렇지만 확인 절차를 거쳐야겠다는 생각이 들어 박건이 물었다.

"왜 바깥쪽 직구가 들어올 거라고 판단하신 겁니까?"

"알 것 없다."

'이유를 알려주지 않는다?'

박건이 슬쩍 눈살을 찌푸렸다.

이번이 처음이 아니었다.

지난번에도 볼배합을 예측한 이유에 대해서 물었지만, 이용운은 그 이유를 순순히 알려주지 않았다.

"알 것 없다."

그때도 조금 전과 똑같은 대답을 꺼냈었다.

'왜 알려주지 않는 거지?'

그로 인해 신경이 곤두섰던 박건의 머릿속으로 퍼뜩 한 가지 생각이 스치고 지나갔다.

그 순간, 박건이 확신에 찬 목소리로 질문했다.

"이유를 모르시는 거죠?"

* * *

"내가 왜 몰라?"

"봤으니까요."

"응?"

"본 것 아닙니까?"

박건이 추궁하자, 이용운이 영문을 모르겠다는 표정으로 되물었다.

"내가 뭘 봤다는 거야?"

"어제 경기에서도 제가 대타자로 출전했습니다. 그리고 만루 상황에서 싹쓸이 3루타를 기록했죠."

"그 얘길 갑자기 왜 하는 거냐? 잘난 척이라도 하는 거냐?"

"그때 저는 2루에서 멈추려고 했습니다. 그런데 선배님께서 3루까지 달리라고 하셨죠. 그리고 그때 선배님께서 하신 말씀을 기억하십니까?"

"내가 한 얘기?"

기억이 안 나는 걸까?

잠시 침묵하던 이용운이 물었다.

"내가 뭐라 그랬지?"

"3루까지 달려. 내가 보고 있으니까 후배는 달리기나 해. 이렇게 말씀하셨습니다."

"그래서 내 말대로 되지 않았느냐?"

"중요한 건 그게 아닙니다."

"그럼 중요한 게 대체 뭐지?"

"선배님은 제가 볼 수 없는 것을 볼 수 있다는 점입니다."

당시에는 무심코 넘겼다.

그런데 방금 전, 그냥 넘길 사안이 아니란 생각이 퍼뜩 들었다.

말 그대로 이용운은 박건이 볼 수 없는 것을 볼 수 있는 상황.

주루플레이를 할 때, 상대팀의 수비 상황과 중계플레이 상황만 볼 수 있는 것이 아니었다.

박건이 타석에 서 있을 때, 포수의 미트 위치와 포수가 내는 사인도 볼 수 있었다.

거기까지 생각이 미친 순간, 박건이 떠올린 것은 이용운의 구종 예측이 매번 적중하는 비결이었다.

'보는 게 아닐까?'

포수가 대고 있는 미트의 위치.

그리고 포수가 투수에게 내는 사인.

박건이 타석에 들어서 있는 사이에 이용운은 두 가지를 본인의 눈으로 확인했을 가능성이 충분했다.

그리고 이것이 아까 바깥쪽 직구를 던질 것이라는 구종 예측을 한 이유에 대해서 질문했을 때, 이용운이 대답을 못 한 이유였다.

'직접 눈으로 봤는데 무슨 이유가 있을까?'

오히려 이유를 만들어내지 못했기 때문에 "알 것 없다."고 신경질적으로 소리쳤던 거란 확신이 든 순간, 박건이 추궁했다.

"포수의 미트 위치와 사인을 봤던 것 아닙니까?"

"뭐?"

"시치미를 떼시는 겁니까?"

"내가… 그 정도로 양심 없는 사람은 아니다."

이용운이 반박한 순간, 박건이 코웃음을 쳤다.

"사람 아니거든요."

"정정하지. 양심 없는 귀신은 아니다."

이용운이 정정했을 때, 박건이 말했다.

"양심 없는 귀신도… 나쁘지 않을 것 같습니다."

"응?"

"일종의 치트키를 쓰는 셈이니까요."

*　　　　*　　　　*

'치트키라.'

이용운은 생전에 게임을 즐겼던 편은 아니었다.

그렇지만 '치트키'란 용어 정도는 알았다.

게임에서 제작자들만이 알고 있는 비밀키 혹은 속임수를 의미하는 것이 치트키.

치트키만 알고 있으면 아무리 어려운 게임도 깰 수 있었다.

'딱 적당한 표현이구나.'

잠시 후, 이용운이 속으로 생각했다.

포수가 갖다 대고 있는 미트의 위치, 그리고 포수가 내는 사인을 미리 알 수 있다면 투수가 던질 구종과 코스를 다 알 수 있었다.

쉽게 말해 투수가 던질 구종과 코스를 타자가 다 알게 되는 상황이니, 안타 혹은 홈런을 때려내지 못하는 것이 더 이상한 셈이었다.

그래서 박건이 입에 올렸던 '치트키'란 표현이 딱 적당하다고 생각하던 이용운이 표정을 굳혔다.

'단단히 오해하고 있군.'

박건은 이용운이 했던 구종 예측이 적중했던 것이 포수가 내는 사인을 보았기 때문이라고 판단하고 있었다.

그렇지만 오해였다.

이용운은 박건이 타석에 섰을 때, 단 한 번도 포수 쪽을 바라본 적이 없었다.

'왜 그동안 생각을 못 했지?'

그 이유에 대해 고민하던 이용운은 이내 답을 찾았다.

'스포츠는 공정해야 한다.'

이게 이용운이 기본적으로 갖고 있는 생각이었다.

그래서 박건이 타석에 섰을 때, 포수의 사인이나 포수의 미트 위치를 볼 생각을 아예 못 했던 것이었다.

그 때, 박건이 넌지시 제안했다.

"눈 한 번 질끈 감으시죠?"

"눈을 감으라고?"

"아, 그럼 포수의 미트 위치와 사인을 못 보니까 그건 곤란하겠네요. 영혼의 파트너이자 아끼는 후배를 위해서 포수가 내는 사인과 미트의 위치를 한번 확인해 주시죠."

'그래도… 될까?'

이용운이 대답을 미루고 망설였다.

'이건 반칙이다. 공정하지 않다.'

이런 생각이 들어서 거부감이 드는 것은 어쩔 수 없었다.

그렇지만 박건의 말처럼 직접 눈으로 포수의 사인과 미트의 위치를 보는 것이 가장 확실한 방법이었다.

'그래. 지금 가장 중요한 건 이 녀석을 선수로서 성공시키는 것이야.'

쉬운 길을 내버려 두고 굳이 어려운 길을 돌아갈 필요는 없었다.

그래서 마침내 결심을 굳힌 이용운이 시선을 뒤로 돌렸다.

투수와 사인을 교환하는 포수의 매니큐어를 칠한 손가락이 보이기 시작했다.

'검지와 중지를 동시에 펼치고 난 후, 엄지를 펼쳤다. 앞에 것은 구종, 뒤에 것은 코스인 것 같은데…….'

포수의 사인을 살피며 이용운의 머릿속이 분주해졌을 때였다.

갑자기 시야가 흐릿해지기 시작했다.

'왜 이래?'

이용운이 눈을 깜박여 보았지만, 흐려진 시야는 다시 명확해지지 않았다.

오히려 더욱 흐려지더니 이내 눈앞이 어둡게 변하기 시작했다.

잠시 후, 사방이 칠흑 같은 어둠으로 물들었다.

그와 동시에 거센 압력이 밀려들기 시작했다.

엄청난 압력은 금방이라도 이용운을 집어삼켜 버릴 것처럼 강했다.

'소멸!'

그 순간, 이용운이 떠올린 단어였다.

본능적으로 위험을 느낀 이용운이 일단 두 눈을 감았다.

그리고 포수에게로 향해 있던 시선을 뗀 후, 필사적으로 소리쳤다.

"안 할게. 아니, 안 하겠습니다. 앞으로 절대 반칙 안 하고, 양심 있는 귀신으로 살겠습니다."

마치 고해성사라도 하듯 소리친 후, 이용운이 감각을 끌어 올렸다.

'압력이 사라졌다.'

당장에라도 자신을 집어삼킬 것 같던 강한 압박감이 언제 그랬냐는 듯 사라져 있었다.

그 사실을 알아챈 이용운이 조심스럽게 감았던 눈을 떴다.

'보인다.'

다시 사물이 명확하게 보인다는 것을 확인하고 난 후에야 이용운이 비로소 안도의 한숨을 내쉬었다.

'아까는… 왜 그랬지?'

겨우 안정을 되찾은 이용운이 조금 전 상황을 되짚어보았다.

'진짜 소멸되는 줄 알았어.'

등골이 오싹해질 정도로 강한 공포가 느껴졌다. 그리고 그런

일이 벌어진 이유로 짐작되는 것은 두 가지였다.

'양심 없이 반칙을 해서인가? 아니면, 귀신 주제에 인간 세상에 과하게 간섭을 해서인가?'

짐작 가는 두 가지 이유 중 어느 것 때문인지는 이용운도 몰랐다.

좀 더 정확한 이유를 알기 위해서는 다시 한번 시도해 봐야 했다.

그렇지만 이용운은 절레절레 고개를 흔들었다.

소멸될 수도 있다는 공포감이 엄청났기 때문이었다.

'안 해. 아니, 못 해.'

이용운이 속으로 소리쳤을 때였다.

"갑자기 왜 그러세요?"

박건이 물었다.

"무슨 뜻이냐?"

"왜 갑자기 양심 있는 귀신이 되겠다고 다짐하시는 건데요?"

"나도 좀 살자."

이용운이 대답한 순간, 박건이 못마땅한 목소리로 빈정댔다.

"이미 죽었다니까요."

"나도 안다."

"그런데요?"

"한 번 죽은 걸로 충분하다. 두 번 죽고 싶지는 않다."

"죽었는데 또 죽을 수도 있습니까?"

"살아 있는 후배가 귀신의 삶에 대해서 뭘 알겠냐?"

매섭게 쏘아붙인 이용운이 덧붙였다.

"한 가지는 확실하다. 포수의 사인은 절대 볼 수 없다."

＊　　　＊　　　＊

"일부러 연기하시는 거죠?"

박건이 의심 섞인 목소리로 질문을 던지자, 이용운이 되물었다.

"그렇게 포수의 사인이 알고 싶어?"

"네? 네. 중요한 상황이니까요."

"그럼 지금 포수의 사인을 확인하는 것과 나와 이별하는 것. 둘 중 하나를 결정해라."

"왜 사람이, 아니, 왜 귀신이 그렇게 극단적인 겁······."

"황금알을 낳는 거위 이야기, 들어봤지?"

"진짜 황금알을 낳는 거위가 있습니까?"

"있겠냐?"

'없나 보네.'

박건이 멋쩍은 표정을 지었을 때, 이용운이 한숨과 함께 입을 뗐다.

"동화다. 하루에 하나씩 황금알을 낳는 거위를 발견한 누군가가 덕분에 부자가 됐지. 그 다음에 어떻게 됐을까?"

"떵떵거리며 잘 살았겠죠."

"그랬으면 좋았겠지만, 욕심을 냈다."

"무슨 욕심을요?"

"저 거위가 하루에 하나씩 황금알을 낳네. 그럼 거위 배 속에는 황금알이 엄청 많겠구나. 그걸 다 꺼내 팔면 더 큰 부자가 될 수 있겠구나. 이렇게 욕심이 생겨서 거위의 배를 갈랐지. 하지만 거위의 배 속에는 황금알이 하나도 없었다. 그리고 거위는 죽어 버려서 다시는 황금알을 얻지 못했지."

이용운이 설명을 마치자마자, 박건이 물었다.

"그 얘기를 지금 왜 하시는 겁니까?"

"지금 상황이랑 비슷하니까."

"……?"

"당장 포수의 사인을 알고 싶다는 욕심에 눈이 멀어서 나와 이별할래? 아니면, 지금까지처럼 내 조언을 계속 들을래?"

'어느 편이 나을까?'

박건이 고민에 잠겼다.

'이번 기회에 내게 들러붙은 귀신과 작별하는 게 나을까? 아니면, 계속 귀신이 들러붙어 있는 상태로 지내는 게 나을까?'

선뜻 결정을 내리지 못한 채 고민하던 박건이 내린 결론은 이용운과 계속 함께하는 것이었다.

그동안 이용운의 능력을 확인했기 때문이었다.

또, 야구선수로 성공하기 위해서는 앞으로도 이용운의 도움이 필요했기 때문이었다.

그때, 이용운이 버럭 소리를 질렀다.

"야, 왜 이렇게 대답이 오래 걸려? 설마 이걸 고민한 거야?"

"고민하면 안 됩니까?"

"뭐?"

"너무 재촉하지 마시죠. 막 결론을 내렸으니까요."

"어떤 결론을 내렸는데?"

"선배님과 앞으로도 함께하기로 결심했습니다. 그런데… 포수의 사인을 보는 건 진짜 안 됩니까?"

"안 된다니까."

버럭 소리친 이용운이 덧붙였다.

"너도 참 둔하다."

"네?"

"분위기 쎄한 것 못 느끼냐?"

"……?"

"주심의 심기를 건드려서 좋을 게 없을 텐데."

그제야 박건이 주심을 바라보았다.

마스크 너머로 레이저 눈빛을 쏘아내고 있는 주심을 확인한 박건이 슬그머니 시선을 피했다.

'너무 오래 끌긴 했네.'

자책한 박건이 서둘러 타석으로 들어섰다.

'일단 믿자.'

달리 방법이 없었기에 박건은 일단 이용운이 했던 예측을 믿기로 했다.

슈아악.

잠시 후, 헨리 스탠튼이 초구를 던졌다.

타다닷.

1루 주자인 고동선이 스타트를 끊자, 2루수가 2루 베이스 쪽으로 이동했다.

따악.

박건이 결대로 밀어 친 타구가 1, 2루 간 방향으로 굴러갔다.

역동작에 걸린 2루수가 글러브를 쭉 내밀었지만, 박건이 때린 타구를 잡아내기에는 역부족이었다.

2루 베이스를 통과한 고동선은 멈추지 않고 3루까지 내달렸다.

"세이프."

와아아.

고동선이 3루에서 세이프가 된 순간, 조용하던 관중석이 시끄러워지기 시작했다.

무사 1, 3루.

절호의 찬스에서 타석으로 청우 로열스의 3번 타자 양훈정이 들어섰다.

제5장

'어떤 결과가 나올까?'

무사 1, 3루.

경기 시작 후 줄곧 끌려가던 경기를 뒤집을 수 있는 절호의 찬스가 찾아와 있는 상황이었다. 그래서 1루 베이스 위에 서 있던 박건이 긴장한 채 양훈정과 헨리 스탠튼의 대결을 지켜보고 있을 때였다.

"노냐?"

이용운이 언짢은 목소리로 물었다.

"집중해서 경기를 관전하고 있습니다."

박건이 변명하자, 이용운이 질책했다.

"후배가 관중이야? 경기를 관전하게?"

"그냥 관전만 하고 있는 게 아닙니다."

"그럼?"

"양훈정 선수가 적시타를 때려내길 속으로 응원하고 있습니다."

박건이 대답한 순간, 이용운이 혀를 차는 소리가 들렸다.

"지금 시에프 찍냐?"

"네?"

"왜 그런 카피 문구 있었잖아? 당신의 승리를 대한민국이 응원하고 있습니다. 어때? 비슷하지 않아?"

이용운의 비아냥을 듣던 박건의 부아가 슬슬 치밀어 오를 때였다.

"지금 놀고 있을 때가 아니다."

이용운이 충고했다.

"그럼 뭘 할까요?"

"뭐라도 해야지."

"네?"

"해결사 역할을 못 했으니 다른 거라도 해야 한다, 이 뜻이지."

"다른 거, 뭐요?"

"스타트를 끊어라."

이용운의 대답을 들은 박건이 두 눈을 크게 떴다.

"도루를 하란 말입니까?"

무사 1, 3루 상황에서는 3루 주자가 홈으로 파고들 확률이 존재하기 때문에 2루 도루 성공 확률이 높은 것은 사실이었다.

그렇지만 어디까지나 확률이었다.

만에 하나 박건이 벤치의 지시 없이 단독 도루를 감행했다가 2루에서 횡사하는 불상사가 발생한다면?

무사 1, 3루의 찬스가 1사 3루로 바뀌게 된다.

그만큼 득점 확률이 낮아지게 되는 것이었고.

'위험부담이 너무 크다.'

그래서 박건이 이렇게 판단한 순간이었다.

"누가 도루하래?"

이용운이 핀잔을 건넸다.

"아까 스타트를 끊으라고 했잖습니까?"

박건이 억울한 표정으로 항변하자, 이용운이 말했다.

"스타트를 끊으라고 했지 도루를 시도하라고 하진 않았다."

"그게 그거 아닙니까?"

"엄연히 다르지. 언제든지 도루를 시도할 수 있다. 심원 패롯스 배터리에게 이런 경각심을 심어주란 뜻이다. 헨리 스탠튼은 후배한테 신경을 쓸 테고, 투구에 오롯이 집중하지 못하겠지? 그럼 어떻게 될까?"

"어떻게 될까요?"

박건이 반문하자, 이용운의 말문이 막혔다.

질문에 대한 답을 찾지 못해서가 아니었다.

기가 막혀서 말문이 막힌 것이었다.

이용운의 모습이 보이지는 않지만, 박건은 지금 그가 뒷목을 움켜쥐고 있는 모습을 그릴 수 있었다.

잠시 후, 이용운이 말했다.

"이런 것까지 세세히 알려줘야 하니 내가 말수를 줄일 수가 없다. 어떻게 되긴 어떻게 돼? 실투가 나오겠지."

"실투가 나온다?"

"그럼 양훈정이 적시타를 날릴 확률이 더 높아지겠지?"

"당연히 그렇겠죠."

"어느 쪽이 더 나은 것 같아?"

"무슨 말씀이십니까?"

"후배가 속으로 양훈정이 적시타를 때려내길 기도하는 게 효과가 있을까? 아니면, 계속 스타트를 끊으면서 언제든지 도루를 시도할 수 있다는 경각심을 헨리 스탠튼에게 심어줘서 실투를 유도하는 게 더 효과가 있을까?"

"후자 쪽이 효과가 더 클 것 같네요."

박건이 대답하자, 이용운이 소리쳤다.

"그럼 빨리 시작해."

*   *   *

스윽.

박건이 시키는 대로 1루 베이스와의 거리를 벌렸다.

고개를 돌린 헨리 스탠튼과 시선이 딱 마주친 순간, 박건이 움찔했다.

"소심하긴."

이용운의 핀잔을 듣고서 박건이 한 걸음 더 1루 베이스와의 거리를 벌렸다.

슈악.

타다닷.

헨리 스탠튼이 양훈정을 상대로 초구를 던진 순간, 박건이 스타트를 끊었다.

"볼."

바깥쪽 낮은 코스로 들어간 슬라이더를 주심이 볼로 판정한 순간, 박건은 1루 베이스로 다시 돌아왔다.

그리고 2구째.

슈악.

타다닷.

헨리 스탠튼이 셋 포지션 투구를 시작할 때, 박건이 또 한 번 스타트를 끊었다.

"볼."

2볼 노 스트라이크.

주심이 또 한 번 볼 판정을 하면서 볼카운트는 타자에게 유리하게 바뀌었다.

스윽.

박건이 다시 1루 베이스와의 거리를 벌릴 때, 헨리 스탠튼이 시선조차 주지 않고 셋 포지션 투구를 시작했다.

슈아악.

타다닷.

재차 스타트를 끊었던 박건이 멈추려 했을 때였다.

따악.

묵직한 타격음이 들렸다.

"멈추지 말고 계속 뛰어."

거의 동시에 이용운이 소리쳤다.

박건이 속도를 늦추는 대신 2루 베이스를 향해서 달려갔다.

그리고 2루 베이스를 막 통과했을 때, 이용운이 다시 말했다.

"이제 속도를 줄여도 돼."

'왜 속도를 줄여도 된다는 거지?'

박건이 3루를 향해 전력 질주를 계속할 때, 이용운이 덧붙였다.

"넘어갔으니까."

*　　　*　　　*

"자, 한 잔 하시죠."

송이현 단장이 생맥주 잔을 들었다.

제임스 윤도 생맥주 잔을 들었고, 한창기가 마지막으로 생맥주 잔을 들었다.

채앵.

건배를 한 후 생맥주 한 모금을 마시고 입을 뗀 한창기가 놀란 표정을 지었다.

'잘 마시네.'

송이현 단장은 500cc 생맥주를 절반 이상 비우고 내려놓았다. 그리고 제임스 윤은 한술 더 떠 원샷을 했다.

한창기가 감탄한 표정으로 그들의 모습을 지켜보고 있을 때였다.

"오랜만에 경기에서 이겨서 그런지 맥주가 더 시원하고 맛있네요."

송이현 단장이 활짝 웃으며 말했다.

아작.

생맥주를 원샷 한 후 치킨 다리를 뜯고 씹으며 제임스 윤도 말했다.

"캡틴, 제가 왜 한국행을 결정한 줄 아십니까?"

"청우 로열스를 우승시키기 위해서 아닌가요?"

"아닌데요."

"그럼요?"

"이 치맥의 맛을 잊을 수 없어서입니다. 한국에서 일하면 치맥은 원 없이 먹을 수 있겠단 생각이 들어서 함께 일하자는 캡틴의 제안을 받아들였죠."

"앞으로 자주 사달란 뜻인가요?"

"제가 이래서 캡틴을 좋아합니다. 찰떡같이 말해도 콩떡같이 이해하시니까요."

"칭찬이죠?"

"물론입니다."

송이현 단장과 제임스 윤이 나누는 대화에 귀를 기울이며 한창기가 다시 생맥주 잔을 들어 입으로 가져갔다.

두 사람은 마치 친구처럼 격의 없는 대화를 나누고 있었다. 그렇지만 한창기는 송이현 단장이 준비한 오늘 치맥 자리가 불편했다.

단장과 감독.

쉽게 가까워질 수 없는 관계였기 때문이었다.

더구나 한창기는 이미 한차례 프런트와 갈등을 겪었던 적이 있었다. 그래서 오늘 자리가 더 불편하게 느껴지는 것이었다.

"무슨 용건 때문에 오늘 자리를 마련하셨습니까?"

그래서 한창기가 사무적인 어투로 묻자, 송이현 단장이 대답했다.

"축배를 들고 싶어서요."

"축배요?"

"6연패를 끊은 기념으로."

"겨우 1승을 거둔 것뿐인데……."

"덕분에 감독님께 미안한 마음이 좀 줄어들기도 했고요."

"왜입니까?"

"제가 영입한 박건 선수가 좋은 활약을 펼쳤으니까요."

한창기가 반박하지 못하고 생맥주 잔을 들어 입으로 가져갔다.

3타수 3안타.

대타자로 세 타석에 들어섰던 박건은 세 타석에서 모두 안타를 기록했다.

기대 이상의 활약이었음은 분명했다.

그러나 겨우 세 타석에 불과했다.

아직 박건에 대한 평가를 제대로 내리기에는 표본이 너무 부족하다고 한창기가 판단한 순간이었다.

"언제쯤 박건 선수를 선발 라인업에 포함시키실 건가요?"

송이현 단장이 질문을 던졌다.

'이거였구나.'

그 질문을 들은 한창기는 송이현 단장이 오늘 자리를 마련한 진짜 이유를 짐작할 수 있었다.

본인이 영입한 박건이 괜찮은 활약을 펼치자, 좀 더 중용하라고 압박하는 게 송이현 단장의 목적이었다.

"아직은 시기상조라고 판단합니다."

"왜 그렇게 판단하신 거죠?"

"검증을 더 거쳐야 한다고 판단합니다."

한창기가 망설임 없이 대답했다.

'수비가 우선, 공격은 그 다음.'

이게 한창기가 감독으로서 갖고 있는 소신.

박건은 아직 수비력에 대한 검증이 끝나지 않았다.

그 검증이 끝나기 전에는 대타자로만 기용할 생각이었다.

"더 늦으면 기회가 없어질 수도 있어요."

"어떤 기회가 없어진다는 겁니까?"

"반등할 기회요."

송이현 단장이 꺼낸 말을 듣고서 한창기가 눈살을 찌푸렸다.

과한 간섭이란 생각이 들어서 반발심이 치밀었기 때문이다.

그때, 제임스 윤이 나섰다.

"캡틴은 큰 그림을 그리고 싶은 겁니다."

"무슨 뜻이죠?"

"퍼즐을 잘 맞추려면 전체의 큰 그림을 볼 줄 알아야 하니까요. 쉽게 말해 캡틴은 박건 선수가 어서 자리를 잡기를 원합니다. 그럼 나머지 부족한 부분들이 드러날 테고, 그 부족한 부분들의 퍼즐을 채워 넣을 수 있을 테니까요."

'박건을 시작으로 선수 영입을 계속하겠다는 뜻이로군.'

제임스 윤의 말에 담긴 숨은 의미였다.

"리빌딩을 서두르다 보면 문제가 발생할 수 있습니다."

"저도 알고 있어요."

"그걸 알면서 왜 재촉하시는 겁니까?"

"성적도 내고 싶거든요."

팀 리빌딩과 성적.

송이현 단장은 두 마리 토끼를 모두 잡기를 원하고 있었다.

'욕심이 과하다.'

그 포부를 들은 한창기가 더욱 눈살을 찌푸렸다.

두 마리 토끼를 모두 잡으려다가 한 마리 토끼도 잡지 못하는 최악의 상황이 벌어지는 것을 우려했기 때문이었다.

"그건 안 됩니다."

그래서 한창기가 단호하게 말한 순간, 송이현 단장이 못마땅한 기색으로 물었다.

"안 될 이유가 있나요?"

"그건……."

한창기가 도중에 말을 멈추고, 도움을 청하듯 제임스 윤을 바라보았다.

송이현 단장은 낙하산인 만큼, 야구에 대해 잘 몰랐다. 그렇지만 제임스 윤은 달랐다.

그래서 기대에 찬 시선을 던졌지만, 제임스 윤은 어깨를 으쓱하며 말했다.

"안 될 건 없다고 생각합니다."

"……?"

"참고로 말씀드리면 캡틴은 단순히 성적을 끌어올리는 것을 원하는 게 아닙니다. 이번 시즌에 청우 로열스가 우승을 차지하는 것을 원하고 있습니다."

＊　　　　＊　　　　＊

최종 스코어 4－3.

필승조를 총동원한 끝에 청우 로열스는 심원 패롯스를 상대로 간신히 승리를 거두며 6연패에서 빠져나오는 데 성공했다.

'결국 영웅은 못 됐네.'

경기 승리의 주연은 한 점 차로 뒤지고 있던 상황에서 역전스러런홈런을 터뜨린 양훈정이었다.

그렇지만 박건도 승리에 일조했다.

대타자로 출전해서 안타를 터뜨리면서 양훈정에게 찬스가 이어지게 만들었으니까.

또, 언제든지 도루를 할 수 있다는 경각심을 심어준 덕분에 헨리 스탠튼이 실투를 던지도록 유도했으니까.

주연은 아니지만, 조연 역할은 충실히 한 셈이었다.

'이기니까 좋네.'

박건이 희미한 웃음을 머금었다.

한성 비글스에서 청우 로열스로 팀을 옮긴 지 이제 겨우 일주일밖에 되지 않았다.

그러니 소속감이 강할 리는 없었다.

그럼에도 불구하고 청우 로열스의 승리가 기쁜 이유는 마음의 짐을 조금 덜 수 있었기 때문이다.

자신이 합류한 후에도 연패에 빠져 있던 팀으로 인해 무거웠던 마음이 조금 가벼워진 것이었다.

숙소로 돌아온 박건이 침대에 드러누우며 리모컨을 들었다.

원래 숙소는 2인 1실이었다. 그렇지만 갑작스럽게 청우 로열스로 이적한 박건은 빈방을 혼자 쓰고 있었다.

'혼자 쓰니 편하네.'

청력에 문제가 있는 박건의 입장에서는 룸메이트가 있는 것이 불편했다. 그래서 혼자 숙소를 사용하는 것에 만족하면서 TV를 켠 박건이 채널을 돌리다 NBS 스포츠채널에서 멈추었다.

오늘 벌어졌던 청우 로열스와 심원 패롯스의 3연전 마지막 경기의 하이라이트 영상을 다시 보기 위함이었다.

'아이 라이크 베이스볼'의 시작을 앞두고 광고가 나오고 있을 때, 이용운이 말했다.

"다른 데 돌려라."

"왜요?"

"보고 싶지 않다."

"저는 보고 싶은데요."

"다른 데 돌리라니까."

"싫다니까요."

박건과 이용운이 실랑이를 벌이는 사이, 광고가 끝나고 '아이 라이크 베이스볼'이 시작됐다.

"야구팬 여러분, 안녕하세요. 각 구장에서 펼쳐졌던 경기들의 결과를 살펴보고 하이라이트 영상을 보면서 분석하는……."

아나운서 최희영의 목소리는 귓가에 착 감기는 느낌이 있었다.

'듣기 좋아.'

그래서 박건이 희미한 미소를 머금었을 때, 이용운이 다시 지시했다.

"보지 말라니까."

"왜 보지 말라는 건데요? TV도 내 맘대로 못 봅니까?"

이용운의 존재가 불편했다. 그래서 박건이 불평을 터뜨리며 덧붙였다.

"저도 저지만, 선배님도 좋지 않습니까? 예전 추억이 생각날 테니까요."

"보기 싫다."

"대체 뭐가요?"

"원래 내 자리에 다른 놈이 서 있는 것."

박건의 마음이 약해졌다.

원래 본인의 자리를 다른 누군가가 차지한 것을 지켜보는 것.

무척 힘들 거란 생각이 들어서였다.

띠리릭.

그래서 TV를 꺼버린 후, 박건이 물었다.

"그럼 뭘 할까요?"

"술이나 한잔하자."

"혼술을 하라고요?"

"왜 혼술이야? 나랑 같이 마시는 거잖아."

"하지만……."

"할 얘기가 있어서 그래."

오랜만에 맥주 한 캔 마시는 것도 나쁘지 않다는 생각이 들었다. 그래서 편의점에서 맥주 두 캔을 사온 박건이 한 캔은 자신의 앞에, 다른 한 캔은 맞은편에 내려놓았다.

"드세요."

이용운에게 술을 권한 후, 박건이 맥주를 한 모금 마셨다.

'정신없이 지나간 일주일이었네.'

원 소속 팀이었던 한성 비글스에서 웨이버공시로 풀리자마자, 청우 로열스 입단이 확정됐다. 그리고 청우 로열스로 팀을 옮기자마자, 바로 경기에 투입됐다.

비록 선발 출전은 아니었지만, 대타자로 세 타석에 출전했다.

3타수 3안타.

세 타석에서 박건은 모두 안타를 터뜨렸다.

'성공적인 데뷔.'

그래서 박건이 이렇게 판단했을 때였다.

"이제 자리를 좀 잡은 것 같군."

이용운이 말했다.

그 이야기를 들은 박건이 고개를 끄덕였다.

대타자로 출전할 때마다 적시타를 때리거나, 찬스를 이어가는 안타를 터뜨린 덕분에 한창기 감독에게 좋은 인상을 남기는 데 성공했다.

물론 아직 선발 출전 기회는 주어지지 않았지만, 대타 요원들 가운데서는 1순위로 올라섰다는 판단이 들었다.

"선배님 덕분입니다."

박건이 이렇게 성공적인 데뷔를 할 수 있었던 것에 이용운의 도움이 컸다는 것은 부인할 수 없었다. 그래서 박건이 감사 인사를 건네자, 이용운이 흡족한 목소리로 인사를 받았다.

"알긴 아는구나. 그럼 이제 본격적으로 얘길 해보자."

"무슨 얘기요."

"계산은 정확히 해야지."

"무슨… 계산요?"

"아까 내 덕분이라고 후배 입으로 말하지 않았느냐? 그러니까 내 지분을 챙겨야겠다는 뜻이다."

'지분?'

예상치 못했던 이야기였다.

그래서 의아한 표정을 짓던 박건이 두 눈을 빛냈다.

"그럼 내 부탁 하나 들어줄래?"

얼마 전 이용운이 부탁을 들어달라고 했던 말이 떠올랐다.

'그 부탁이 지분인가?'

박건의 생각이 거기까지 미쳤을 때였다.

"5 대 5로 하자."

이용운이 다시 말했다.

"5 대 5요?"

"그래."

"뭘 5 대 5로 하자는 겁니까?"

"수익배분 말이다."

박건이 두 눈을 껌벅이며 물었다.

"그걸 왜 하는 겁니까?"

"일을 하니 그에 걸맞은 보상을 받아야지. 해설하고 있잖아."

"그렇긴 하지만……."

"그런데 뭐?"

박건이 참지 못하고 물었다.

"귀신이 돈이 왜 필요합니까?"

＊　　　＊　　　＊

'이제 코가 한 자 정도 줄어들지 않았을까?'

이용운이 판단을 내렸다.

"지금 내 코가 석 자거든요."

이용운이 부탁이 있다고 말했을 때, 박건이 했던 이야기였다.

그 대답을 들은 후, 이용운은 결심했다.

일단 박건이 청우 로열스 팀 내에서 자리를 잡게 만든 후에 다시 부탁을 꺼내보기로.

그사이 박건은 세 경기에 대타자로 등장해서 좋은 활약을 펼쳤다.

덕분에 박건은 한창기 감독에게 좋은 인상을 심어줄 수 있었고, 이제 한동안 출전 기회는 주어질 터였다.

이것이 이용운이 다시 부탁을 꺼낼 타이밍이 됐다고 판단한 이유.

"귀신이 돈이 왜 필요한 겁니까?"

수익배분을 5 대 5로 요구한 순간, 박건은 황당하단 표정을 지었다. 그러나 이용운은 당당하게 대꾸했다.

"귀신도 돈 필요하다."

"왜요?"

"쓸데가 있으니까."

억지를 부린 것이 아니었다.

진짜 쓸데가 있었다. 그리고 이용운은 무리한 요구가 아니라고 판단했다.

박건이 한성 비글스에서 청우 로열스로 이적한 것과, 이적 후 세 경기에 대타자로 출전했을 때 좋은 활약을 펼친 데는 자신의 도움이 큰 역할을 했으니까.

예상치 못했던 상황에 맞닥뜨리자 목이 탄 걸까.

벌컥벌컥.

박건이 맥주 캔을 들어 연신 들이켰다.

"현실적으로 문제들이 많아요."

"문제는 해결하면 된다."

"일단 통장을 못 만들어요. 아니, 그 전에 계약서를 쓸 수도 없어요."

이용운은 사망한 상태.

사망신고가 끝난 마당이니, 통장을 만들기는커녕 계약서도 쓸 수 없는 상황이라는 박건의 지적은 옳았다.

그렇지만 이용운은 이미 이런 부분에 대한 해결책을 세워둔 후였다.

"계약서는 쓸 필요 없다."

"왜 필요가 없다는 겁니까?"

"후배를 신뢰하니까."

"절 왜 신뢰하는 겁니까?"

"이렇게 파트너가 된 것이 우리의 인연이 결코 얕지 않다는 증거이니까."

"인연이 아니라 악연일 수도 있다니까요."

투덜거리는 박건을 확인한 이용운이 미소를 지었다.

지금까지 곁에서 지켜본 박건은 악인과는 거리가 멀었다.

오히려 성정이 무척 착한 편이었다.

생면부지나 다름없던 자신의 장례식장에 찾아가 달라는 부탁을 거절하지 못하고 들어준 것이 박건이 착하다는 증거였다.

그런 박건이 배신을 할 가능성은 극히 낮았다.

"통장도 못 만든다니까요."

"후배 명의로 따로 하나 만들면 된다."

"제 명의로요?"

"그래."

"그럼 결국 제 돈이잖아요?"

"후배 돈이 아니라 내 돈이다. 그리고 나중에 적당한 때가 되면 그 돈의 용처를 알려주마."

현재로서는 이게 가장 현실적인 방법이었다.

"대체 그 용처가 뭡니까?"

"그건 아직 밝힐 수 없다."

"혹시……."

"혹시 뭐냐?"

"숨겨둔 아들이나 딸이 있는 겁니까?"

박건의 질문을 받은 이용운이 정색한 채 대답했다.

"내가 그 정도로 인생을 막 살지는 않았다."

"그럼 대체 이 돈이 필요한 이유가 뭔데요?"

"알 것 없다니까."

이용운이 재차 알려줄 수 없다고 대답한 순간, 박건이 입술을 삐죽였다.

"비밀 참 많네."

투덜거리던 박건이 덧붙였다.

"말씀 안 해주셔도 됩니다. 저도 안 궁금하니까요. 아니, 어차피 그 돈을 쓸 수도 없을 테니까요."

"그게 무슨 뜻이냐?"

박건이 대답했다.

"선배님의 제안을 거절하겠습니다."

＊　　　　＊　　　　＊

청우 로열스 VS 대승 원더스.

심원 패롯스와의 3연전 마지막 경기에서 승리를 거두며 6연패에서 간신히 벗어났지만, 청우 로열스는 여전히 최하위였다.

반면 대승 원더스는 시즌 초반부터 줄곧 순위표 가장 위에 이름을 올리고 있었다.

현재 KBO 리그 꼴찌 팀과 선두 팀의 맞대결.

"오늘도 선발 라인업에서 제외됐네."

경기를 앞두고 한창기 감독이 발표한 선발 라인업에 박건의 이름은 포함되어 있지 않았다.

그것을 확인하고 아쉬운 기색을 드러내던 박건이 그라운드로 시선을 던졌다.

대승 원더스의 홈구장에서 펼쳐지는 경기.

마운드 위에는 대승 원더스의 1선발이자 에이스 투수인 앤서니 니퍼트가 서 있었다.

5승 무패. 방어율 0.88.

올 시즌 앤서니 니퍼트가 남기고 있는 기록이었다.

6경기에 선발투수로 출전해서 5승을 기록했고, 0점대 후반의 빼어난 방어율을 기록하고 있었다.

"어렵겠죠?"

박건이 이용운에게 질문을 던졌다.

그렇지만 대답은 돌아오지 않았다.

"왜 아무 말씀도 없으십니까?"

"……"

"저는 언제 선발 출전할 수 있을까요?"

"……"

"언제 선발 출전할 수 있을지 물었습니다."

박건이 끈질기게 질문을 쏟아내고 나서야, 이용운에게서 대답이 돌아왔다.

"내가 그걸 어떻게 알아?"

무척 짧은 대답.

그리고 대답을 꺼내는 이용운의 목소리는 무척 퉁명스러웠다.

'제대로 맘 상했네.'

박건이 쓴웃음을 머금었다.

이용운의 마음이 상한 이유는 충분히 짐작이 가능했다.

앞으로 거두게 될 수익을 5 대 5로 분배하자는 이용운의 부탁을 박건이 거절했기 때문이었다.

"이제 그만 마음 풀고 해설하셔야죠?"

박건이 넌지시 제안했지만, 이용운은 해설을 시작하지 않았다. 대신 한마디를 꺼냈다.

"후회할걸."

'후회? 내가 왜 후회를 해?'

전혀 겁나지 않았다. 그래서 박건이 코웃음을 쳤을 때, 양 팀의 경기가 시작됐다.

*　　　*　　　*

슈아악.

"스트라이크아웃."

몸쪽 꽉 찬 코스로 직구가 파고든 순간, 주심이 삼진을 선언했다.

루킹삼진.

전광판으로 고개를 돌린 박건이 152㎞가 찍힌 구속을 확인하고 한숨을 내쉬었다.

"압도적이네."

직구 평균 구속 151㎞.

앤서니 니퍼트의 직구는 빠르기만 한 것이 아니었다.

몸쪽과 바깥쪽 꽉 찬 코스를 구석구석 찌르는 제구도 완벽했다.

게다가 자유자재로 구사하는 슬라이더와 포크볼까지.

괜히 리그 선두를 달리고 있는 대승 원더스 팀의 에이스가 아니었다.

7이닝 무실점.

아니, 8회 초의 선두타자인 이필교를 루킹삼진으로 돌려세웠으니, 7과 1/3이닝 무실점을 기록하고 있었다.

단순히 무실점 행진만 이어가고 있는 것이 아니었다.

앤서니 니퍼트는 청우 로열스 타자들을 상대로 볼넷 2개를 허용하긴 했지만, 안타를 하나도 허용하지 않았다.

즉, 노히트노런 행진을 이어가고 있는 것이었다.

와아.

와아아.

노히트노런이라는 대기록 달성이 가까워졌기 때문일까.

대승 원더스 홈 팬들의 함성이 더욱 거세졌다.

8회 초, 1사 주자 없는 상황에서 타석에 들어선 것은 7번 타자 구창명이었다.

슈아악.

딱.

구창명이 때린 타구가 높이 솟구쳤다.

'애매한데.'

그 타구의 궤적을 눈으로 쫓던 박건이 두 눈을 빛냈다.

유격수와 좌익수, 그리고 중견수가 살짝 떠오른 타구를 잡기 위해서 한곳으로 모여들고 있었다.

그렇지만 세 명의 수비수 중 어느 누구도 잡지 못하는 위치에 타구가 떨어졌다.

구창명이 기록한 텍사스안타로 인해 7과 1/3이닝 동안 이어졌던 앤서니 니퍼트의 노히트노런 행진이 깨진 것이었다.

"Fuck."

정타가 아니라 빗맞은 타구가 안타로 연결됐기 때문일까.

앤서니 니퍼트가 동요했다.

"아!"

대승 원더스 홈 팬들도 아쉬운 탄식을 토해냈다.

그때였다.

"박건, 대타자로 출전한다."

*　　　　　*　　　　　*

0─2.

7회가 끝났을 때의 스코어였다.

대승 원더스의 선발투수인 앤서니 니퍼트가 압도적인 호투를 펼치는 데 가려 있긴 했지만, 청우 로열스의 선발투수인 조원관도 호투를 펼치고 있었다.

막강하다는 평가를 받는 대승 원더스의 타선을 상대하며 7이닝 동안 2실점만 허용하며 퀼리티스타트 이상을 해주었다.

"한 번은 기회가 올 거야."

오늘 같은 경기가 감독이 가장 할 일이 없는 경기였다.

앤서니 니퍼트가 워낙 대단한 호투를 펼치고 있기 때문에 마땅히 작전을 펼칠 기회조차 생기지 않아서였다.

그렇지만 한창기는 아직 경기를 포기하지 않았다.

고작 두 점 차.

한 번은 청우 로열스에게도 기회가 찾아올 것이라는 믿음이 있었기 때문이다. 그리고 그 믿음은 보상을 받았다.

1사 후, 구창명이 앤서니 니퍼트를 상대로 텍사스안타를 때려 내며 출루한 순간, 한창기가 팔짱을 풀고 감독석에서 일어섰다.

'오히려 잘됐어!'

잘 맞은 안타가 아닌, 빗맞은 텍사스안타로 앤서니 니퍼트의 노히트노런 행진이 깨진 것이 더 잘됐다는 생각이 들었다.

앤서니 니퍼트가 더 크게 아쉬움을 느끼면서 동요할 가능성이 높았기 때문이었다.

'마지막 기회!'

지금이 오늘 경기를 역전시킬 수 있는 마지막 기회임을 직감한 한창기가 대타 카드를 꺼내 들었다.

그가 확신을 가진 채 꺼내든 대타 카드는 박건이었다.

"박건, 대타자로 출전한다."

한창기가 지시를 내렸다.

자신의 지시를 받은 박건이 출전 준비를 하기 시작했다.

그 모습을 지켜보던 한창기가 눈살을 찌푸렸다.

'왜 저래?'

박건이 대타자로 출전하는 것.

이번이 처음이 아니었다.

벌써 네 번째 대타자로 경기에 출전하는 것이었다.

그러나 지난 세 번과 이번은 달랐다.

준비가 덜 돼서 허둥대는 느낌이랄까.

또, 불안한 듯 눈동자가 중심을 잡지 못하고 흔들리고 있었다.

'알아서 잘하겠지.'

그러나 한창기는 이내 고개를 흔들며 걱정을 털어냈다.

대신 기대를 품은 채 박건과 앤서니 니퍼트의 대결을 지켜보았다.

*   *   *

'내가 대타자로 출전한다?'

대타자로 출전하라는 한창기의 지시를 받은 박건이 당황했다.

예상치 못했던 출전이기 때문이었다.

'좀 더 주자가 쌓이고 나면 대타자로 출전할 기회가 오지 않을까?'

막연하게 품었던 예상이 빗나간 셈이었다.

'아쉽네.'

서둘러 대타자로 출전할 준비를 하던 박건이 속으로 생각했다.

지난 세 차례 대타자로 출전할 때는 전혀 당황하지 않았다.

"준비해라."

이용운이 미리 대타로 곧 출전하게 될 거라고 예고해 주었던 덕분이었다. 그렇지만 오늘은 이용운이 미리 알려주지 않았기 때문에 당황한 것이었다.

'집중하자.'

타석으로 걸어가던 박건은 아쉬움을 털어내고 앤서니 니퍼트와의 승부에 집중하기 위해 애썼다.

'어떻게 승부 해야 할까?'

더그아웃에서 앤서니 니퍼트의 투구를 유심히 살펴보기는 했다. 그렇지만 마땅한 대책이나 약점을 발견하지는 못했다.

앤서니 니퍼트가 거의 완벽에 가까운 투구를 펼치고 있었기 때문이었다.

'수 싸움.'

잠시 후, 박건이 떠올린 것은 수 싸움이었다.

한성 비글스 2군 무대에서, 또 청우 로열스로 이적한 후 세 차례 대타자로 들어섰을 때 좋은 타구를 만들어낼 수 있었던 원동력.

수 싸움에서 승리를 거두었기 때문이었다.

그간의 경험을 떠올리며 박건이 수 싸움에 돌입했다.

'직구? 포크볼?'

그러나 이전과는 달랐다.

정확한 구종을 알려주던 이용운에게 의존했던 터라, 박건 혼자서 수 싸움을 해야 하는 상황이 닥치자 당혹스러웠다.

"초구로 들어올 구종이… 뭘까요?"

혹시나 하는 기대를 품은 채 박건이 물었다. 그러나 빈정이 제대로 상한 이용운에게서는 대답이 돌아오지 않았다.

'역시 대답이 없네.'

이용운의 도움을 받는 것을 포기한 박건이 재차 혼자서 수 싸움에 돌입했다.

'포크볼일 확률이 높아.'

구창명에게 텍사스안타를 허용하며 내심 노리고 있었던 노히트노런 기록이 깨져 버린 상황.

만약 박건에게 홈런을 허용하면 승리투수 요건까지 날아가는 상황이었다.

그 사실을 잘 알고 있는 앤서니 니퍼트가 직구가 아니라 유인구를 초구로 던질 거라고 판단한 것이었다.

슈아악.

잠시 후, 앤서니 니퍼트의 손에서 공이 떠났다.

그 공을 지켜본 박건의 눈동자가 흔들렸다.

'직구!'

포크볼이 들어올 거란 예상이 빗나갔다.

게다가 한가운데로 몰린 실투성 직구였다.

'초구를 노렸어야 했어!'

실투를 놓쳤다는 아쉬움으로 인해 박건이 후회했다. 그러나 후회할 시간도 주어지지 않았다.

바로 셋 '포지션 투구로 들어갈 준비를 하고 있는 앤서니 니퍼트를 확인한 박건이 서둘러 수 싸움을 이어나갔다.

'칠 테면 쳐보란 건가?'

2구째도 직구가 들어올 거란 확신을 박건이 품었을 때, 앤서니 니퍼트가 2구를 던졌다.

슈악.

직구 타이밍에 맞춰서 배트를 휘두르던 박건이 당황했다.

'직구가… 아니다.'

딱.

앤서니 니퍼트가 던진 2구의 구종은 포크볼.

박건이 휘두른 배트 하단에 맞은 타구가 유격수의 앞으로 굴러갔다.

타다닷.

1루까지 전력 질주를 펼쳤지만, 병살타를 막기에는 역부족이었다.

제6장

8회 말, 대승 원더스의 공격.

청우 로열스의 마운드는 여전히 선발투수인 조원관이 지키고 있었다. 그러나 공의 힘이 떨어지면서 조원관은 위기에 처했다.

중전안타에 이어 볼넷을 허용하면서 무사 1, 2루의 위기에 몰렸다.

투수코치가 마운드를 방문하기 위해 더그아웃을 박차고 나왔다.

좌익수 수비위치에서 그 모습을 지켜보던 박건이 아쉬움을 이기지 못하고 한숨을 내쉬었다.

대타자로 기용됐던 박건은 8회 말 수비에도 나섰다.

좌익수로 출전했지만, 박건은 수비에 집중하기 어려웠다.

8회 초 타석에서의 상황이 계속 떠올라서였다.

청우 로열스로 이적한 후 첫 병살타.

승부처에서 나온 병살타였기 때문에, 또 초구로 들어왔던 한 가운데로 몰린 실투를 놓쳤기 때문에 더욱 아쉬움이 많이 남 았다.

'차라리 배트를 멈췄어야 했는데.'

그랬다면 병살타는 때리지 않았을 텐데.

박건이 후회를 곱씹고 있을 때, 투수코치가 내려가고 조원관 이 다시 타자와 승부 했다.

따악.

대승 원더스의 7번 타자인 서지훈은 조원관이 던진 초구를 공략했다.

타격음을 듣고 한 걸음 앞으로 전진했던 박건이 타구의 궤적 을 확인하고 헛숨을 들이켰다.

처음 판단했던 것보다 타구가 훨씬 멀리 뻗었기 때문이다.

급히 몸을 돌린 박건이 펜스 쪽으로 뛰면서 타구의 위치를 확 인했다.

'잡을 수 있을까?'

박건이 이를 악물고 점프하면서 글러브를 쭉 뻗었다.

핏.

글러브 끝을 살짝 스치며 타구가 그라운드에 떨어졌다.

'실책!'

펜스까지 굴러가는 타구를 바라보던 박건의 머릿속이 하얗게 변했다.

　　　　*　　　　*　　　　*

0—4.

서지훈이 때렸던 좌익수 박건의 키를 살짝 넘긴 타구는 안타로 기록됐다. 그렇지만 박건의 본헤드성 플레이에 가까웠다.

그 사실을 알기 때문일까.

추가 실점을 허용하는 빌미를 제공한 박건은 8회 말 수비가 끝나고 더그아웃으로 돌아오자마자 고개를 푹 떨구고 있었다.

바르르.

이용운의 눈에 가늘게 떨리는 박건의 등이 보였다.

스스로에게 화가 났기 때문이리라.

"후우."

이용운이 한숨을 내쉬었다.

박건의 플레이를 보면서 이용운도 화가 났던 것은 마찬가지였다.

또, 무척 안타깝기도 했었다.

"이 실투를 놓치면 뭘 치려는 거야?"

앤서니 니퍼트가 던졌던 실투를 그냥 지켜보면서 흘려보냈을 때는 이렇게 버럭 소리를 지르고 싶었다.

"조원관이 던지고 있는 공의 힘이 떨어졌어. 타구가 멀리 뻗는데 앞쪽으로 무게중심이 쏠리면 어떻게 해?"

실책성 수비를 펼쳤을 때는 이렇게 질책을 하고 싶었다.

그렇지만 이용운은 필사적으로 입을 다물었다.

'아직은 때가 아니다.'

독한 마음을 먹었기 때문이다.

'먼저 손을 내밀 때까지 기다린다.'

이용운이 입을 꾹 다물고 있는 이유였다. 그리고 이용운이 침묵을 지키기로 한 이유는 크게 두 가지였다.

우선 수익배분이라는 자신의 목표를 달성하기 위해서였다.

박건은 수익을 배분하자는 이용운의 부탁을 단호하게 거절했다. 그러나 이용운은 아직 포기하지 않았다.

'만약 내 도움이 필요하단 사실을 절실히 깨닫는다면?'

박건의 결심이 바뀔 확률이 높다고 판단했기 때문이었다.

또 하나의 이유는 박건의 마음속에 은연중에 깃들어 있는 자만심을 버리게 만들고 싶어서였다.

이용운과 파트너가 된 후 박건은 말 그대로 승승장구했다.

타석에 들어설 때마다 안타를 때려냈고, 원하던 대로 야구가 됐을 것이었다.

속된 말로 야구가 쉽게 느껴지는 상황이라 할 수 있었다.

그러다 보면 자연히 자만심이 생길 수밖에 없었다.

한 번쯤 그 자만심을 꺾어놓을 필요가 있다고 판단했는데, 지금이 적당한 때라고 생각이 든 것이다.

일종의 기 싸움.

'고집 있네.'

먼저 고개를 숙이고 들어오지 않는 박건을 보며 이용운이 막 이렇게 판단한 순간이었다.

"3 대 7로 하죠."

박건이 고개를 떨군 채 입을 뗐다.

"5 대 5."

이용운이 입가에 미소를 머금은 채 재차 5 대 5의 수익배분율을 고수했을 때, 박건이 절충안을 제시했다.

"4 대 6. 더는 양보 못 합니다."

이용운이 대답했다.

"받아들이마."

*　　　　*　　　　*

"아쉽습니다."

피가 날 정도로 이를 악물고 있던 박건이 입을 뗐다.

"뭐가 그리 아쉬우냐?"

이용운이 묻자, 박건이 바로 대답했다.

"실투를 놓친 게 자꾸 떠오릅니다."

이용운이 고개를 끄덕였다.

노히트노런 기록이 깨진 후, 앤서니 니퍼트는 분명히 동요하고 있었다. 그리고 한창기 감독이 그 순간 박건을 대타자로 기용한 것은 이용운의 예측대로였다.

'노히트노런 기록이 깨지면 바로 박건을 대타자로 기용할 것이다.'

현재 청우 로열스 타자들 가운데 가장 좋은 타격감을 유지하고 있는 것이 박건이었기 때문에 이용운은 이렇게 예측했던 것이었다.

그렇지만 박건은 한창기 감독의 기대에 부응하지 못했다.

실투를 놓치고, 유인구에 손을 댔다가 병살타를 때려내면서 실질적으로 오늘 경기의 마지막 기회라고 할 수 있었던 찬스를 무산시켰기 때문이다.

"잘못 생각하고 있다."

잠시 후, 이용운이 입을 열었다.

"제가 뭘 잘못 생각하고 있다는 겁니까?"

박건이 의아한 표정으로 물은 순간, 이용운이 대답했다.

"후배가 더 아쉬워해야 하는 것은 병살타가 아니라 수비 실책이거든."

"보였습니까?"

"뭐가?"

"안타로 기록됐는데 제 수비 실책이란 것이 표가 났느냐는 뜻입니다."

"날 과소평가하지 마라. 내가 괜히 '해설계의 독설가'라 불렸겠느냐? 실책성 플레이는 기가 막히게 알아채는 능력이 있다."

씁쓸한 표정을 짓던 박건이 다시 물었다.

"그런데 왜 병살타를 때린 것보다 수비 실책을 더 아쉬워해야 하는 겁니까?"

"중요한 시험이었거든."

"시험…요?"

이용운이 설명을 덧붙였다.

"후배가 선발 출전할 능력을 갖추고 있는가 한창기 감독이 실험해 봤던 거야."

                    *   *   *

대타자로 출전한 후 좌익수 수비로 나선 것.

한창기 감독의 시험이었다는 것을 뒤늦게 알게 된 순간, 박건
이 지그시 입술을 깨물었다.

'낙제점.'

한창기 감독의 시험에서 낙제점을 받았다는 사실을 깨달아서
였다.

'선배님의 말이 맞았네.'

타격은 리듬이 있었다.

괜히 열 차례 타석에 들어서서 안타를 세 개만 때려내는 3할
타자가 좋은 평가를 받는 것이 아니었다.

타석에 들어설 때마다 안타를 때릴 수는 없는 노릇.

비록 이전 타석에서 병살타를 때렸다고 해도 다음에 만회할
기회가 있었다.

그렇지만 수비 실책은 달랐다.

아홉 번 호수비를 펼쳐도 한 번만 실책을 범하면 비난을 받는
게 수비였다.

더구나 한창기는 선수들의 수비 능력을 중시하는 감독이었다.

8회 말 수비에서 박건이 범했던 실책성 플레이는 치명적이었다.

'한 번만 더 기회가 주어진다면?'

그라운드를 지켜보던 박건이 간절히 바랐다.

그렇지만 그 바람은 이루어지지 않았다.

"스트라이크아웃. 경기 종료."

앤서니 니퍼트가 완봉승을 거두며 경기는 종료됐다.

*   *   *

뒤척뒤척.

아쉬움이 너무 커서일까.

일찌감치 침대에 누웠지만, 잠이 오지 않았다.

계속 뒤척이던 박건이 결국 몸을 일으켰을 때, 이용운이 물었다.

"잠이 안 오나 보지?"

"잠이 오겠습니까?"

한숨을 내쉬며 대꾸했던 박건이 호기심을 느꼈다.

'귀신도 잠을 자나?'

이런 의문이 퍼뜩 들었기 때문이었다.

"선배님은 밤에 뭐 하십니까?"

그래서 박건이 질문하자, 이용운이 대답했다.

"공부한다."

"무슨 공부요?"

"야구 공부."

박건이 덩그러니 켜져 있는 TV를 바라보았다.

"청우 로열스와 대승 원더스, 대승 원더스와 청우 로열스의 경기 하이라이트 영상을 보고 돌아왔습니다. 리그 선두를 달리고 있는 대승 원더스 팀의 에이스가 어떤 투수이다. 이것을 증명한 경기였던 것 같은데요. 대승 원더스의 에이스인 앤서니 니퍼트

가 눈부신 호투를 펼치며 완봉승을 거두었습니다. 오랜만에 나
온 완봉승이었는데…….”

낯익은 목소리가 들려왔다.

최희영 아나운서의 목소리임을 알아챈 박건이 놀란 표정을 지
었다.

지금 틀어져 있는 채널이 NBS 스포츠채널이었기 때문이다.

“왜 이걸 보고 계십니까?”

“네가 틀어놨잖아.”

‘아, 맞다. 귀신이지.’

이용운은 물리력을 행사할 수 없는 귀신이었다.

당연히 리모컨을 조종해서 채널을 바꿀 수 없었다.

“죄송합니다.”

자신이 NBS 스포츠채널을 틀어놓았음을 알게 된 박건이 사
과했다.

얼마 전, 본인이 출연했던 NBS 스포츠채널을 보고 싶지 않다
고 이용운이 했던 말이 떠올라서였다.

“괜찮다.”

이용운은 담담한 목소리로 대답했다.

“왜 괜찮으십니까?”

“언제까지나 피할 수만은 없으니까.”

“하지만…….”

“그리고 메이저리그 경기 중계를 해주는 것은 NBS 스포츠채
널뿐이다. 메이저리그에 대해서 공부하려면 볼 수밖에.”

이용운의 말대로였다.

메이저리그 사무국과 독점 중계 계약을 맺고 메이저리그 경기를 중계해 주는 것은 NBS 스포츠채널뿐이었다.

"왜 메이저리그에 대해서 공부하는 겁니까?"

"후배와 같이 메이저리그로 진출해야 하니까."

박건이 놀란 표정을 지었다.

"메이저리그로 진출하자."

일전에 이용운이 했던 제안이었다.

그렇지만 메이저리그에 진출하려면 아직 시간이 많이 남아 있었다.

아니, 과연 박건이 메이저리그라는 세계 최고의 무대에 진출할 수 있을지 여부도 알 수 없는 상황이었다.

그런데 메이저리그에 진출할 것을 대비해서 벌써부터 공부를 하고 있는 이용운의 준비성에 감탄하지 않을 수 없었다.

"그리고 아주 나쁘지만은 않다. 덕분에 예전 추억도 떠오르고 하니까."

그때, 이용운이 덧붙였다.

그렇지만 박건은 그 말을 순순히 믿지 않았다.

이 말을 꺼내는 이용운의 목소리가 착 가라앉아 있었기 때문이다.

"정말 괜찮으신 겁니까?"

"솔직히 말하면 불편하긴 하다. 그렇지만 이겨내야지."

"왜 이겨내야 한다는 겁니까?"

"그게 내 몫이니까."

이용운이 한숨과 함께 꺼낸 대답을 들은 박건이 울컥했다.

'날 위해서야.'

퍼뜩 그런 생각이 들어서였다.

그와 동시에 미안한 마음이 들어서 박건이 입을 뗐다.

"절 위해서 그렇게까지 하지 않으셔도 됩니다."

이용운이 말했다.

"후배를 위해서가 아니라, 날 위해서 하는 일이다."

"……?"

"돈 많이 벌어야지."

*　　　　*　　　　*

'원래 귀신들이 재물 욕심이 많은 건가?'

요새 부적 돈 욕심을 내는 이용운을 지켜보던 박건이 품은 의문이었다.

그때였다.

"개인적으로는 많이 아쉬웠어요. 오랜만에 노히트노런이라는 대기록이 작성되는 것을 지켜보고 싶었거든요."

최희영 아나운서의 목소리가 들렸다.

TV 화면을 향해 고개를 돌린 박건이 최희영 아나운서를 바라보았다.

'미인이야.'

최희영 아나운서가 괜히 야구 공주라고 불리는 것이 아니었다.

그녀의 얼굴에서 시선을 떼지 못하던 박건이 이용운에게 물었다.

"직접 봐도 미인인가요?"

이용운이 한때 최희영 아나운서와 함께 '아이 라이크 베이스볼'에 출연했단 사실을 떠올리고 호기심이 생긴 것이었다.

"화면으로 볼 때와 비슷해."

"그래요?"

"그런데 프로 의식이 없어."

이용운이 최희영 아나운서에게 프로 의식이 없다고 지적했다.

"왜 그렇게 판단하셨는데요?"

"제사보다 젯밥에 더 관심이 많은 편이거든."

"무슨 뜻입니까?"

"스포츠 전문 아나운서로서 역량을 더 높이기 위해 노력하는 것보다, 인기를 얻은 것을 이용해서 결혼 상대를 찾으려고 하거든."

"확실한 겁니까?"

"연애도 하고 있어."

"최희영 아나운서가 연애를 하고 있다고요?"

"그래."

이건 전혀 알지 못했던 사실이었다.

그래서 박건이 당황한 채 물었다.

"누구하고 연애를 하는데요?"

"조선민."

"헐, 진짜 조선민과 최희영 아나운서가 열애 중입니까?"

박건이 깜짝 놀란 표정을 지었다.

조선민은 현재 NPB, 일본 프로야구 무대에서 뛰고 있었다.

한신 타이거즈에서 선발투수로 활약하고 있는 조선민과 최희영 아나운서가 열애 중일 줄은 꿈에도 예상치 못했었다.

"진짜 확실한 겁니까?"

"내가 둘이서 몰래 만나는 걸 직접 봤다."

"그렇군요."

조선민과 최희영 아나운서가 만나는 것을 이용운이 직접 목격한 것만큼 열애의 확실한 증거는 없었다. 그래서 박건이 아쉬운 기색을 드러내자, 이용운이 물었다.

"왜 그런 표정을 짓고 있는 거냐?"

"제 표정이 어떤데요?"

"꼭 실연당한 사람 같은 표정인데?"

"좀… 슬프긴 하네요."

박건이 최희영 아나운서를 직접 만난 적은 없었다.

TV 화면을 통해 본 것이 다였다.

그럼에도 불구하고 박건이 그녀의 열애 소식을 듣고 아쉬운 느낌을 받은 이유는 팬이었기 때문이다.

'나중에 유명한 선수가 되면, 최희영 아나운서를 직접 만나서 밥을 한번 먹을 수 있지 않을까? 아니, 사귈 수도 있지 않을까?'

이런 기대를 내심 갖고 있었는데.

그 기대가 산산조각 난 셈이었으니 어찌 아쉽지 않을까.

"후배가 누군지도 모를걸."

그때, 이용운이 말했다.

'내 존재도 모른다?'

그 사실이 더욱 슬프게 느껴진 순간, 이용운이 덧붙였다.

"야구를 못하니까."

'아주 상처에 소금을 뿌리는구나.'

박건이 와락 표정을 일그러뜨리며 자책했다.

'그래. 누굴 탓하겠어? 야구를 못해서지.'

그 순간, 이용운이 위로했다.

"그렇게 슬퍼할 필요 없다."

"왜 슬퍼할 필요가 없다는 겁니까?"

"후배가 아까우니까."

'내가… 아깝다고? 왜?'

박건이 의아한 표정을 지었을 때, 이용운이 설명했다.

"후배가 더 유명한 선수가 되면 고작 최희영 아나운서가 아니라 훨씬 더 괜찮은 여자를 만날 수 있을 게다."

'과연 그럴 날이 올까?'

박건이 속으로 생각할 때, 최희영 아나운서의 멘트가 이어졌다.

"두 분 해설위원께서는 어떻게 경기를 분석하셨는지 궁금하네요. 우선 정만철 해설위원님부터 말씀해 주시겠어요?"

최희영이 '아이 라이크 베이스볼'의 해설위원 가운데 한 명인 정만철에게 경기 분석을 부탁했다.

"여러분들도 보셨다시피 딱히 분석이랄 게 필요 없는 경기였습니다. 대승 원더스의 에이스인 앤서니 니퍼트가 완봉승을 거두며 오늘 경기를 지배했으니까요. 개인적으로는 비록 경기에서 패하긴 했지만, 청우 로열스에게는 다행이란 생각이 들었습니다."

"왜 청우 로열스 팀에 다행이라고 생각하셨어요?"

"만약 구창명 선수의 텍사스안타가 나오지 않았다면, 청우 로열스 팀은 노히트노런이란 대기록의 제물이 될 뻔했으니까요."

정만철 해설위원의 분석을 듣던 박건이 고개를 끄덕였다.

1피안타 2볼넷, 무실점 완봉승.

앤서니 니퍼트는 청우 로열스 타선을 상대로 단 한 개의 안타만 허용했다.

정만철의 말처럼 구창명이 텍사스안타를 때려내지 못했다면, 청우 로열스는 노히트노런이란 대기록의 제물이 될 뻔했던 상황이었다.

"한심하기 짝이 없네."

그렇지만 이용운은 못마땅한 목소리로 말했다.

"누가 한심하다는 겁니까?"

"둘 다."

"그 둘이 누굽니까?"

"핵심을 비껴가는 분석을 하고 있는 정만철도 한심하고, 그 분석을 들으면서 고개를 끄덕이는 후배도 한심한 건 마찬가지다."

'틀린 말은 없는 것 같은데?'

졸지에 한심한 인간이 된 박건이 머리를 긁적이며 항변했다.

"딱 까놓고 말해서 청우 로열스가 운이 좋았던 것은 사실……."

그러나 박건은 말을 끝맺지 못했다.

"해설도 인성도 한심하기 짝이 없는 놈이야."

"왜요?"

"내 빈소에 안 찾아왔잖아."

'역시.'

―남의 경사에는 참석하지 못해도 조사에는 꼭 참석해야 한다.

박건이 떠올린 격언이었다.

이용운은 빈소에 찾아오지 않은 정만철에게 악감정을 품고 있었다.

"그 이유 때문에 인성까지 들먹이는 건……."

"조용히 해봐."

이용운이 입을 다물라고 지시했다.

"이번에는 이성훈 해설위원님의 분석을 들어볼 차례네요. 어떻게 보셨어요?"

"음, 저는 무기력했던 청우 로열스 타선이 무척 아쉬웠습니다. 단 한 번의 기회조차 만들지 못한 게, 그러니까 좀 답답했다고 할까요?"

"그러셨군요. 또 다른 건요?"

"으음, 없습니다."

이성훈 해설위원이 더 할 말이 없다고 대답한 순간, 최희영 아나운서가 당황한 기색을 드러냈다.

그렇지만 그녀는 노련하게 화제를 돌렸다.

"만약 이성훈 해설위원님이 타석에 섰다면 앤서니 니퍼트를 상대로 안타를 때려낼 수 있었을까요?"

"만약 제가 네 차례 정도 타석에 들어섰다면 안타 하나 정도는 뺏어낼 수 있었을 것 같습니다."

"하하. 여전히 자신감이 넘치시네요. 이참에 현역으로 복귀하시는 건 어떠세요?"

"요새 살이 많이 쪄서 복귀는 힘듭니다."

"알겠습니다. 자, 다음 경기로 넘어가 보겠습니다. 이번에는 교연 피콕스와 마경 스왈로우스, 마경 스왈로우스와 교연 피콕스가 정규시즌 일곱 번째 대결을 펼친 결과를 알아보겠습니다. 우선 하이라이트 영상부터 보고 오겠습니다."

두 팀의 경기 하이라이트 영상이 시작된 순간, 이용운이 코웃음을 치며 입을 뗐다.

"정만철보다 더하네."

"네?"

"이게 분석이냐? 만담이냐?"

"만담 쪽에 더 가깝네요."

"재밌냐?"

"딱히 재밌진 않네요."

박건이 솔직하게 대답했다.

최희영과 이성훈의 만담에 가까운 대화는 재미가 없었으니까.

잠시 후, 이용운이 말했다.

"'아이 라이크 베이스볼' 시청률 좀 확인해 봐."

"그건 왜요?"

"확인할 게 있어서 그래."

딱히 어려운 부탁은 아니었다. 그래서 박건이 스마트폰을 들고 '아이 라이크 베이스볼'을 검색했다.

"시청률이… 0.2%라고 적혀 있는데요."

"얼마?"

"0.2%요."

"예상대로 망했네."

"네?"

"시청률이 형편없잖아. 내가 '아이 라이크 베이스볼'에 해설위원으로 출연할 때 평균 시청률이 0.8%였어. 반 토막이 아니라 반의반 토막이 난 셈이니까 망한 거지. 나 대신 이성훈을 영입했기 때문이야."

이용운의 말이 틀리지 않다고 생각한 박건이 포털사이트에서 이성훈의 이름을 검색했다. 그리고 이성훈과 관련된 기사를 발견했다.

「최고의 선수에서 최고의 해설위원으로 변신한 이성훈을 만나다.」

그 기사를 클릭한 박건이 스크롤을 아래로 내렸다.

잠시 후, 기사 하단에 달려 있는 댓글들이 보였다.

—최고의 선수는 인정, 최고의 해설위원은 인정 못 함.

—해설 겁나 못함. 일단 어리버리한 말투부터 별로임. 답답해서 죽을 지경임.

—그만 띄워라. 이미 망했다.

—이용운이 돌아왔음 좋겠다.

—이용운의 독설이 그리워질 날이 올 줄이야.

박건이 댓글들을 확인하고 있을 때, 이용운의 상기된 목소리가 들렸다.

"다들 날 그리워하고 있구나."

박건이 정정했다.

"다는 아닌 것 같은데."

그렇지만 이용운은 박건의 지적에 전혀 신경 쓰지 않고 말했다.

"복귀해야겠다."

"네?"

"팬들이 원하고 있으니 해설위원으로 복귀해야겠다고."

이용운이 밝힌 각오를 들은 박건이 황당한 표정을 지은 채 충고했다.

"현실을 직시하시죠."

"무슨 현실?"

"귀신입니다. 귀신이 어떻게 해설위원으로 복귀를 합니까?"

"안 될 건 또 뭐냐?"

"현실을 직시하시라니까요."

"세상에 불가능한 건 없다. 복귀할 방법을 찾아봐야지."

'과연 방법이 있을까?'

박건이 회의적인 시선을 던지고 있을 때, 이용운이 말했다.

"팟 캐스트, 어때?"

*　　　*　　　*

"팟 캐스트? 그게 뭡니까?"

박건이 질문하자, 이용운이 한심하다는 목소리로 말했다.

"팟 캐스트가 뭔지도 모르냐?"

"처음 들어보는데요."

"팟 캐스트란 것은 인터넷망을 통해서 다양한 콘텐츠를 제공하는 서비스를 말한다. 라디오 프로그램이랑 비슷한 개념이긴 한데, 방송 시간에 맞춰 들을 필요가 없다는 게 차이점이지. 본인이 원할 때 아무 때나 들을 수 있다는 게 가장 큰 장점이라 할 수 있지. 대표적인 팟 캐스트 콘텐츠는 '나는 꼼수왕이다'와 '시사 쾌도난마' 등이 있지."

"'나는 꼼수왕이다'라는 제목은 저도 한 번 들어본 것 같네요. 그런데 별로 궁금하지가 않네요."

"왜 안 궁금해?"

"내 발등에 불이 떨어졌으니까요."

'다시… 기회가 올까?'

박건이 가장 우려하는 것.

대승 원더스와의 경기에서 박건의 플레이에 실망한 한창기 감독이 만회할 기회조차 주지 않는 것이었다.

'진짜 기회가 주어지지 않을 수도 있어.'

박건이 표정을 굳히며 깊은 한숨을 내쉬었을 때였다.

"그렇게 한숨 쉴 필요 없다. 다시 기회가 주어질 테니까."

이용운이 말했다.

'또 내 속마음을 읽혔네.'

잠시 움찔했던 박건이 이내 표정을 풀었다.

이용운에게 속내를 들킨 것보다, 실수를 만회할 기회가 주어질 거란 이야기가 더 반가웠기 때문이었다.

"정말 기회가 주어질까요?"

"그래."

"언제요?"

"내일."

"내일…요?"

박건이 예상했던 것보다 훨씬 이른 시점에 실수를 만회할 기회가 주어질 거라고 이용운은 단언했다.

그 이야기를 듣고 박건의 표정이 한층 밝아졌을 때였다.

"아마 내일 경기에는 선발 출전을 할 거다."

'기회가 주어지는 게 다가 아니라, 선발 출전을 할 거라고?'

더 반가운 이야기였다. 그렇지만 순순히 이용운의 이야기를 믿기 어려웠다.

그래서 박건이 질문했다.

"왜 그렇게 판단하신 겁니까?"

"내가 아는 한창기 감독이 그렇게 매정한 편은 아니거든."

이용운이 덧붙였다.

"또, 무척 소심한 편이기도 하고."

*　　　　*　　　　*

우두둑.

기지개를 켠 한창기가 오만상을 썼다.

패배가 속이 쓰려서 술을 꽤 마셨던 탓에 몸이 천근만근이었다.

"술을 끊어야 하는데."

혼잣말을 꺼냈던 한창기가 이내 쓴웃음을 지었다.

감독 생활을 하는 동안 술을 끊는 게 불가능하다는 것은 자신이 누구보다 잘 알고 있었기 때문이다.

패배는 아프고 쓰라렸다.

그나마 술이라도 마시지 않으면 밤새 아쉬웠던 경기 내용이 떠올라서 잠을 이루지 못할 터.

잠을 자기 위해서는 술에 의존할 수밖에 없는 악순환이 이어지고 있었다.

"오래 살려면 많이 이기는 수밖에 없어."

한창기가 고심 끝에 찾아낸 해법.

"그런데 그게 제일 어렵군."

재차 쓴웃음을 지었던 한창기가 그라운드로 시선을 던졌다.

훈련을 하고 있는 선수들의 모습을 지켜보고 있자니, 자연스레 어제 경기가 다시 떠올랐다.

"아쉬워."

비록 앤서니 니퍼트가 압도적인 피칭을 하긴 했지만, 청우 로열스에게도 기회가 없었던 것은 아니었다.

구창명의 텍사스안타가 나오면서 앤서니 니퍼트가 이어가고 있던 노히트노런 행진이 깨진 순간이 청우 로열스에게 찾아왔던 처음이자 마지막 기회였다.

그 기회를 살리기 위해서 박건을 대타자로 기용했는데.

박건은 병살타를 기록하면서 청우 로열스에게 찾아온 처음이자 마지막 기회를 허무하게 무산시켜 버렸다.

하나 더 아쉬웠던 점은 박건의 수비였다.

'승부를 뒤집기는 어렵다.'

이렇게 판단한 한창기는 박건을 교체하지 않고 좌익수로 출전시켰다.

그의 수비력을 점검하기 위해서였다. 그리고 박건은 좌익수 수비를 하는 과정에서 큰 실수를 범했다.

"타구 판단이 미숙해."

서지훈이 때린 타구.

안타로 기록되긴 했지만, 박건의 실책성 플레이로 인해 안타가 된 셈이었다.

만약 박건이 타구 판단을 제대로 했다면, 충분히 잡을 수 있는 타구였기 때문이었다.

"봤겠지?"

송이현 단장과 제임스 윤도 어제 경기를 보기 위해 찾아왔었다.

그들도 대타자로 출전한 후, 좌익수 수비에 나섰던 박건이 실책성 플레이를 펼치는 것을 지켜보았을 것이었다.

'어제 박건이 범했던 실책성 수비가 왜 그를 선발 라인업에 포함시키지 않느냐는 송이현의 질문에 대한 답으로 충분하지 않을까?'

잠시 후, 한창기가 고개를 흔들었다.

아쉽게도(?) 박건의 실책성 수비는 실책으로 기록되지 않았다.

서지훈의 안타로 기록됐다.

그러니 아직 송이현의 질문에 대한 답으로 부족하단 생각이 들었다.

"확실히 하는 편이 좋지."

한창기는 한동안 박건을 대타 요원으로만 활용하고 싶었다. 그러나 송이현 단장은 본인이 영입한 선수인 박건을 선발 라인업에 포함시키기를 원했다.

청우 로열스 프런트의 수장인 송이현 단장과 마찰을 일으키는 것.

한창기는 원하지 않았다.

"박건이 수비에 문제가 있다는 것을 확실하게 보여주자."

결심을 굳힌 한창기가 펜을 들었다.

9번 타순에 박건의 이름을 적어 넣으며 한창기가 선발 라인업 작성을 마쳤다.

＊　　　＊　　　＊

"진짜… 선발 라인업에 포함됐네."

대승 원더스와의 3연전 2차전 경기를 앞두고 발표된 선발 라인업을 확인한 박건의 표정이 밝아졌다.

9번 타순 좌익수로 선발 출전한다는 사실을 확인했기 때문이었다.

"내가 선발 출전할 거라고 말했잖아?"

이용운이 생색을 냈다.

그렇지만 박건은 그를 탓할 생각도 하지 못했다.

청우 로열스로 이적한 후, 처음으로 선발 출전 기회를 얻은 것이 무척 기뻤기 때문이었다. 그러나 이용운이 찬물을 끼얹었다.

"마냥 좋아하고 있을 때가 아니다."

"왜요?"

"오늘도 수비 실책을 범하게 되면 꽤 오랫동안 선발 출전하지 못하게 될 테니까."

덕분에 박건이 들떴던 기분을 가라앉힌 순간, 이용운이 다시 조언했다.

"공격보다 수비에 더 중점을 둬야 한다는 뜻이지."

"알겠습니다."

"너무 긴장할 필요는 없다."

"왜요?"

"내가 후배와 함께할 테니까."

이용운의 목소리.

평소와 달리 무척 따스했다.

애정이 깃들어 있는 느낌이랄까.

그렇지만 박건은 웃지 못했다. 지나칠 정도로 따스한 이용운의 목소리를 듣고 나니, 오히려 불안해졌다.

"갑자기 왜 이러세요?"

"뭐가 말이냐?"

"오늘따라 너무 친절하시잖아요? 혹시 저한테 바라는 것 있으세요?"

"눈치가 빨라서 좋구나."

이용운은 바라는 것이 있다는 사실을 굳이 감추려 들지 않았다.

"바라는 게 뭔데요?"

"나중에 알려주마."

"왜요?"

"우선 마지막 기회를 살리는 게 중요하니까."

이용운은 그 말을 끝으로 입을 다물었다.

'대체 또 무슨 수작을 부리는 거지?'

불안감이 깃들었다. 그렇지만 이용운은 설명을 피했다.

그가 먼저 털어놓지 않는 이상, 무엇을 꾸미는지 알아낼 수 있는 방법은 없었다.

'일단 경기에 집중하자.'

박건이 코앞으로 다가온 경기에 집중하기 위해 노력했다.

제7장

청우 로열스와 대승 원더스의 3연전 두 번째 경기.

오늘 경기도 어제 경기와 비슷한 양상으로 흘러갔다.

어제 앤서니 니퍼트의 완봉승에 자극을 받았기 때문일까.

대승 원더스의 2선발이자 역시 외국인 투수인 마이클 젠슨은 140㎞대 후반의 직구와 낙차 큰 변화구를 앞세워 무실점 행진을 이어갔다.

0—2.

4회가 끝났을 때의 스코어였다.

5회 초 1사 주자 없는 상황에서 박건이 오늘 경기 두 번째 타석에 들어섰다.

2사 주자 없는 상황에서 들어섰던 첫 타석에서 박건은 내야땅볼을 기록하며 범타로 물러났었다.

수 싸움이 빗나갔기 때문이었다.

'흥이 안 나네.'

두 번째 타석을 향해 걸어가던 박건이 한 생각이었다.

누상에 주자가 있는 상황에서 대타자로 등장했을 때와는 달랐다.

승부처에서 타석에 들어설 때는 긴장감이 생겼다.

또, 경기장의 분위기도 고조되어 있었다.

그런데 누상에 주자가 없는 상황에서 들어서는 지금은 맥이 빠지는 느낌이었고, 흥도 나지 않았다.

"표정이 왜 그 모양이냐?"

박건의 표정이 심드렁한 것을 알아챈 이용운이 물었다.

"그게……."

"선발 출전하길 바라지 않았느냐?"

이용운의 말대로였다.

그토록 바라던 선발 출전 기회를 잡았음에도 불구하고, 이상하게 흥이 나질 않았다.

'왜일까?'

그 이유에 대해서 고민하던 박건이 떠올린 것은 착 가라앉은 팀 분위기였다.

청우 로열스 더그아웃은 현재 무기력함에 빠져 있었다.

'어차피 못 이겨.'

이런 패배 의식이 더그아웃 전체에 퍼져 있었고, 박건 역시 어느새 그 패배 의식에 젖어 있었다.

'내가 안타를 치고 나간다고 해서 뭐가 달라질까?'

단타를 치고 누상에 출루한다 한들, 후속 타자들이 진루타 혹은 적시타를 때려낼 가능성은 낮다.

이런 생각이 자꾸 드는 탓에 타석에서 의욕이 떨어지는 것이었다.

그런 박건의 속내를 읽었을까.

이용운이 충고했다.

"장타를 노려."

"장타요?"

"득점을 올릴 수 있는 확률이 분명히 높아질 테니까."

1사 1루 상황과 1사 2루, 혹은 1사 3루 상황.

득점을 올릴 수 있는 확률의 차이는 분명히 존재했다.

그렇지만 문제는 마이클 젠슨의 구위가 워낙 좋기 때문에 장타를 때리고 싶다고 해서 장타를 만들어낼 수 있는 게 아니라는 점이었다.

"방심의 허를 찌르면 돼."

그때, 이용운이 덧붙였다.

"왜 마이클 젠슨이 방심한다는 겁니까?"

박건이 질문하자, 이용운이 대답했다.

"후배가 9번 타자니까."

*　　　*　　　*

상위타선과 하위타선.

투수가 느끼는 심적 부담감은 분명히 달랐다.

상위타선, 특히 클린업트리오를 상대할 때, 투수는 더 집중하기 마련이었다.

반면 하위타선을 상대할 때는 집중력이 흐트러지는 경우가 많았다.

오늘 경기 박건은 9번 타자로 출전했다.

마이클 젠슨이 박건을 상대로 방심할 가능성은 분명히 존재했다.

"직구를 노려."

은연중에 하위타선을 빨리 정리하고 상위타선과 상대하려는 마이클 젠슨의 입장에서는 볼카운트를 유리하게 가져가려 할 터.

초구 스트라이크를 잡기 위해서 던질 직구를 노리라는 뜻이었다.

'해보자.'

박건이 배트를 고쳐 쥔 채 타격 준비를 마쳤을 때였다.

슈악.

마이클 젠슨이 초구를 던졌다.

'직구가… 아니다.'

당연히 직구가 들어올 거라 판단하고 배트를 휘둘렀던 박건의 두 눈에 당혹스러운 빛이 떠올랐다.

'슬라이더.'

바깥쪽으로 휘어져 나가는 슬라이더임을 뒤늦게 알아챈 박건이 끝까지 집중하며 배트를 휘둘렀다.

따악.

배트 중심에 걸린 타구가 3루 쪽으로 날아갔다.

'넘어가라!'

타이밍이 조금 빨랐지만, 배트 중심에 맞은 타구였다.

3루수가 점프하면서 캐치를 시도했지만, 타구는 3루수가 들어 올린 글러브를 넘기고 그라운드에 떨어졌다.

타다다닷.

3루 측 라인 선상 안쪽에 떨어진 타구를 확인한 박건이 전력질주 해서 2루에 여유 있게 안착했다.

내심 바라던 대로 장타를 때려내는 데 성공했지만, 박건의 표정은 밝지 않았다.

"또 틀렸습니다."

아까 이용운은 마이클 젠슨이 초구로 직구를 던질 거라 예측했다. 그러나 마이클 젠슨이 초구로 선택한 구종은 슬라이더였다.

수 싸움이 또 한 번 빗나간 셈.

박건이 그 부분을 지적한 순간, 이용운이 당당하게 대답했다.

"내가 신이냐?"

"……?"

"내 예측이 다 맞을 순 없지 않느냐?"

＊　　　　＊　　　　＊

0—2.

청우 로열스가 여전히 두 점 차로 뒤진 채로 경기는 6회 말로 접어들었다.

5회 초, 박건의 2루타가 나오며 득점을 올릴 찬스가 만들어졌지만, 청우 로열스는 득점을 올리지 못했다.

후속 타자들인 1번 타자 고동수가 헛스윙 삼진, 2번 타자 서종욱이 외야플라이로 물러났기 때문이었다.

'운이 좋았어.'

박건이 두 번째 타석을 떠올렸다.

직구가 아닌 슬라이더.

수 싸움이 빛나갔음에도 박건이 2루타를 때려낸 데는 행운이 따랐다.

마이클 젠슨이 던진 슬라이더가 완벽하게 제구가 되지 않고 가운데로 살짝 몰렸던 덕분에 배트 중심에 맞출 수 있었던 것이었다.

"실투를 공략 못 하면 그게 더 한심한 거지."

박건이 마이클 젠슨을 상대로 2루타를 뺏어냈을 때, 이용운이 내렸던 평가였다.

그렇지만 박건은 이전과 다른 점을 느꼈다.

'예전이었다면 범타로 물러났을 거야.'

수 싸움이 빛나가며 타이밍이 맞지 않은 상황.

예전의 박건은 제대로 대처하지 못하고 범타로 물러났을 확률이 높았다.

그렇지만 타격폼을 바꾸고 난 후, 수 싸움이 빛나갔음에도 대처가 가능해졌다는 차이를 느낀 것이었다.

'중심이 뒤에 있어서야.'

타격폼 수정으로 인해 중심이 뒤에 있게 된 것이 변화구 대처가 가능해진 원인.

'효과가 있어.'

거기까지 생각이 미친 박건이 환하게 웃었을 때였다.

"잊어버려."

이용운이 충고했다.

"뭘 잊어버리란 말입니까?"

"타석에서의 상황은 잊어버리라고. 누차 얘기했지만, 오늘 경기에서 중요한 건 공격이 아니라 수비니까."

적절한 충고였다.

오늘 경기에서 박건이 더 중점을 두어야 하는 것은 수비 능력이 있다는 것을 한창기 감독에게 증명하는 것이었다.

따악.

그때, 경쾌한 타격음이 흘러나왔다.

6회 말, 1사 주자 없는 상황에서 타석에 등장한 타이런 우즈가 투수의 곁을 스치고 지나가는 중전안타를 때려냈다.

1사 1루 상황에서 타석에 들어선 것은 6번 타자 정대환.

"좌로 2보만 이동해라."

정대환이 타석에 들어선 순간, 이용운이 말했다.

"왜요?"

박건이 묻자, 이용운이 대답했다.

"시키는 대로 해."

"이유는 알아야……."

"나중에 설명해 주마."

"나중에 언제요?"

"머잖아."

이유를 듣지 못한 박건이 불안한 표정으로 좌로 2보 이동했다.

슈악.

청우 로열스의 선발투수 강윤구가 초구를 던진 순간, 타석에 선 정대환이 힘차게 배트를 돌렸다.

따악.

묵직한 타격음과 함께 타구가 좌중간으로 쭉 뻗었다.

"7시 방향으로 스타트를 끊어."

이용운이 소리쳤다.

'7시 방향?'

그 외침을 들은 박건이 의아한 표정을 지었다.

너무 뒤쪽이 아닐까 하는 생각이 들었던 것이다.

"서둘러."

이용운의 재촉을 받고 박건이 부지불식간에 7시 방향으로 스타트를 끊으며 타구의 궤적을 확인했다.

'더 뻗는다?'

박건이 타격음을 듣고 판단했던 것보다 타구는 더 멀리 뻗고 있었다.

결과적으로 이용운의 지시가 옳았던 셈이었다.

'지금!'

박건이 타구를 잡기 위해서 몸을 던지며 글러브를 쭉 뻗었다.

툭.

글러브 안에 타구가 들어오며 묵직한 느낌이 전해졌다.

'잡았다!'

속으로 쾌재를 부른 박건의 표정이 밝아졌을 때였다.

"빨리 송구해."

이용운이 재촉했다.

"서두르면 더블아웃을 시킬 수 있어."

정대환이 때린 타구가 당연히 좌중간을 가를 것이라고 판단했기 때문일까.

1루 주자였던 타이런 우즈가 황급히 2루 베이스를 밟은 후 1루로 귀루하는 모습이 박건의 눈에 들어왔다.

슈아악.

박건이 지체하지 않고 1루로 송구를 뿌렸다.

그 송구가 원바운드로 정확히 1루수의 글러브 속으로 들어갔다.

"아웃."

타이런 우즈가 슬라이딩까지 시도했지만, 1루심은 아웃을 선언했다.

'됐다.'

박건이 주먹을 움켜쥐며 포효했다.

*   *   *

"이게 아닌데."

한창기가 모자를 벗고 머리를 긁적였다.

박건을 오늘 경기에 좌익수로 선발 출전시킨 목적.

경기장을 찾아온 송이현 단장에게 그의 수비력이 부족하다는 것을 보여주기 위함이었다.

그럼 송이현 단장이 더 이상 박건을 선발 출전시키라는 압력을 가하지 않을 것이라는 계산을 했었다.

'엄청난 호수비.'

그런데 한창기의 계산이 빗나간 셈이었다.

박건이 말 그대로 엄청난 호수비를 펼쳤으니까.

'어떻게 잡았지?'

직접 눈으로 보면서도 믿기지 않을 정도였다.

'어제 경기와 달리 타구 판단이 정확했어.'

어제 경기에서 박건은 타구를 오판하는 실책을 범했다.

또, 반박자 늦게 스타트를 끊었다.

그런데 조금 전 수비 장면에서는 정확하게 타구를 판단했다.

반사신경도 무척 뛰어났다.

게다가 오버런을 했던 1루 주자 타이런 우즈를 아웃시켰던 강하고 정확한 송구까지.

마치 다른 선수처럼 느껴졌을 정도였다.

"결과적으로는 박건 덕분에 기회가 생겼군."

한창기가 희미한 웃음을 머금었다.

자신의 계산이 빗나가긴 했지만, 기분이 나쁘지는 않았다.

1루 주자였던 타이런 우즈는 육중한 체구에 비해서 발이 빠른 편이었다.

만약 박건의 호수비가 없었다면?

그래서 아까 정대환이 때린 타구가 좌중간 코스를 갈랐다면?

타이런 우즈가 홈으로 들어오면서 추가 실점을 허용했을 것이었다.

그리고 석 점 차로 격차가 더 벌어졌다면 경기의 분위기는 완전히 대승 원더스 쪽으로 넘어가면서, 역전을 노려볼 기회조차 없었을 것이었다.

그러나 아직 두 점 차.

박건의 호수비가 나오면서 경기의 분위기가 청우 로열스 쪽으로 넘어온 상황이었다.

추격할 수 있는 기회가 남아 있다는 한창기의 판단은 틀리지 않았다.

"볼넷."

7회 말, 청우 로열스의 선두타자인 이필교가 마이클 젠슨을 상대로 9구까지 가는 끈질긴 승부 끝에 볼넷을 얻어내 출루하는 데 성공했다.

딱.

7번 타자 구창명은 2루수 앞으로 느리게 굴러가는 내야땅볼을 때렸다.

1사 2루 상황에서 타석에 들어선 김천수 역시 8구까지 가는 긴 승부 끝에 볼넷을 얻어냈다.

1사 1, 2루로 바뀐 순간, 한창기가 팔짱을 풀었다.

"적시타를 때려낼 수 있을까?"

대기타석에 서 있는 박건에게 한창기가 기대에 찬 시선을 던졌다.

＊　　　＊　　　＊

　"바꾸지 마라."

　이용운의 이야기가 들린 순간, 박건이 의아한 표정을 지었다.

　"뭘 바꾸지 말란 겁니까?"

　"투수 말이다."

　마이클 젠슨이 두 개의 볼넷을 허용하면서 1사 1, 2루의 위기를 자초한 순간, 마운드로 양성문 감독이 올라와 있었다.

　"바꾸는 게 오히려 좋지 않을까요?"

　6과 1/3이닝 무실점.

　마이클 젠슨은 호투를 펼치고 있었다.

　투구수가 100개에 가까워졌지만, 구위가 여전히 위력적인 상황.

　박건은 대승 원더스의 불펜투수를 상대하는 편이 마이클 젠슨을 상대하는 것보다 더 쉬울 거라 판단한 것이었다.

　"아니, 마이클 젠슨을 상대하는 편이 더 좋다."

　그렇지만 이용운은 생각이 달랐다.

　"왜요?"

　"데이터가 쌓였으니까."

　'데이터가 쌓였다고?'

　박건이 제대로 말뜻을 이해하지 못하고 있을 때였다.

　"오케이. 안 바꾸는군."

이용운은 더 자세히 설명하는 대신 마운드 위의 상황을 전달했다.

그의 말대로 마운드를 방문했던 양성문 감독은 마이클 젠슨을 교체하지 않고 몇 마디 이야기를 나눈 후 더그아웃으로 돌아가고 있었다.

"직구를 노려라."

그때, 이용운이 확신에 찬 목소리로 말했다. 그렇지만 박건은 영 못 미더운 표정을 지었다.

그 표정을 확인한 이용운이 다시 말했다.

"표정이 왜 그 모양이냐?"

"신뢰가 안 가서요."

"왜 내 예측을 신뢰하지 못한다는 거냐?"

"틀렸으니까요."

"응?"

"두 번씩이나 틀렸습니다."

첫 번째 타석, 그리고 두 번째 타석.

이용운은 수 싸움을 통해서 마이클 젠슨이 던질 구종을 예측했다. 그러나 두 차례 예측은 모두 빗나갔었다.

박건이 그 사실을 지적했지만, 이용운은 전혀 당황한 기색 없이 당당하게 대꾸했다.

"아까도 말했듯이 나는 신이 아니다. 내가 한 수 싸움이 다 적중할 수는 없다는 뜻이다. 그렇지만 이번에는 믿어도 된다."

"왜 이번엔 믿어도 된다는 겁니까?"

"통산 타율이 삼 할 정도는 되거든."

"……?"

"해설위원으로 활동하면서 수 싸움을 예측했을 때, 적중률이 삼 할 정도는 된다는 뜻이다. 즉, 세 번 중의 한 번은 예측이 적중한다는 뜻이지. 그러니 이번에는 내 예측이 적중할 확률이 높다."

이용운이 부연 설명을 했다.

그걸로 부족하다고 판단했을까.

그가 다시 입을 뗐다.

"삼 할 타자가 이전 두 타석에서 범타로 물러나면 세 번째 타석에서 더 기대가 된다는 멘트를 하는 이유도 마찬가지다. 확률은 거짓말을 안 하거든."

"그렇긴 하지만……."

박건이 여전히 못 미더운 시선을 던질 때, 이용운이 살짝 언성을 높였다.

"좀 믿고 살자. 그리고 다른 선택의 여지도 없잖아?"

'그렇긴 하지.'

박건보다는 이용운의 경험이 훨씬 풍부했다. 그러니 풍부한 경험을 바탕으로 한 수 싸움도 이용운이 훨씬 능했다.

"질문 하나만 하겠습니다."

"또 뭐냐?"

"왜 초구에 직구가 들어올 거라 예측하시는 겁니까?"

이용운이 대답했다.

"착각하고 있거든."

　　　　＊　　　　＊　　　　＊

"착각…요?"

박건이 질문을 던지자, 이용운이 대답했다.

"상황판단을 잘못하고 있지."

"누가요? 마이클 젠슨요?"

"아니. 양성문 감독이 상황을 오판하고 있다. 투수 교체를 단행하지 않고 그냥 내려간 것이 그가 상황을 오판하고 있다는 증거지."

'그게 왜 증거라는 거지?'

박건이 제대로 이해 못 한 표정을 짓고 있을 때였다.

"더 쉽게 설명해 줘?"

이용운이 한숨을 내쉬며 물었다.

"이렇게 쉽게 설명했는데도 설마 이해를 못 한 건 아니겠지?"

이용운이 방금 내쉰 한숨에 꼭 이런 의미가 담겨 있는 것 같아서 박건이 이를 악문 채 서둘러 대답했다.

"이해했습니다."

"진짜 이해했어?"

"이해했다니까요."

박건이 입을 다물었다.

이용운과 더 말을 섞다가는 아직까지 이해하지 못했다는 사실을 들킬 것 같아서였다.

'통산 타율이 삼 할이면 무척 높은 편이네.'

이렇게 판단하며 박건이 타석에 들어섰다. 그리고 박건이 타석에 들어서자마자, 마이클 젠슨이 투구 준비를 했다.

슈아악.

잠시 후, 그의 손을 떠난 공을 확인한 순간, 박건이 두 눈을 빛냈다.

'직구!'

이용운이 장담했던 대로였다.

몸쪽 직구가 들어온 순간, 박건이 힘껏 배트를 휘둘렀다.

따악.

배트 중심에 맞은 타구가 높이 솟구쳤다.

*　　　*　　　*

"팟 캐스트를 시작하자."

한시라도 빨리 해설위원으로 복귀하고 싶었다. 그래서 마음이 조급해진 이용운이 제안했지만, 박건은 시큰둥한 반응을 보였다.

"안 됩니다."

"왜 안 된다는 거야?"

"정말 몰라서 이유를 물으시는 겁니까?"

"내가 죽은 사람이라서?"

"알고 계시네요."

박건에게서 대답이 돌아온 순간, 이용운이 웃으며 대답했다.

"다 해결책이 있다. 내가 그 정도 준비도 없이 말을 꺼냈을 것 같으냐?"

"어떤 해결책이 있는데요?"

"너."

"네? 저요?"

"그래. 난 죽었지만 후배는 멀쩡히 살아 숨 쉬고 있으니까."

당황한 표정을 감추지 못하던 박건이 물었다.

"설마… 저더러 팟 캐스트를 진행하라는 겁니까?"

"맞다. 난 할 수 없으니까."

"……?"

"내 이야기를 들을 수 있는 건 오직 후배뿐이다. 그러니 내가 아무리 떠들어봐야 소용이 없지. 쉽게 말해 후배가 내가 하는 이야기를 그대로 옮기기만 하면 된다."

이게 이용운이 찾아낸 해결책이었다.

"벌써 제목도 정했다. '독한 야구', 어떠냐?"

'독한 야구'.

'해설계의 독설가'라 불렸던 자신이 진행하는 팟 캐스트 방송에 딱 어울리는 제목이란 생각이 들었다.

스스로 지은 제목에 만족한 이용운이 흡족한 웃음을 짓고 있을 때였다.

박건이 물었다.

"제가 그걸 왜 해야 합니까?"

이용운이 대답했다.

"돈이 되거든."

*   *   *

팟 캐스트 방송이 인기를 얻으면, 광고 제안이 들어온다.

또, 후원금도 받을 수 있었다.

후원금이라고 하니 무척 거창해 보이지만, 쉽게 말하면 유튜브 개인 방송자들이 받는 도네이션과 비슷한 개념이었다.

즉, '독한 야구'가 인기만 얻으면 수익을 거두는 것이 가능하단 뜻이었다.

'이 녀석도 솔깃하겠지.'

돈 싫어하는 사람은 없었다.

게다가 박건은 일전에 야구선수로 성공하려는 목표 중 하나가 많은 돈을 벌기 위함이라는 포부도 밝혔었다.

그래서 이용운이 여유 있는 표정을 짓고 있을 때였다.

"됐습니다."

박건의 대답을 듣고 이용운이 당황했다.

"왜 됐다는 거야?"

"야구 열심히 해서 성공하는 편이 더 빠를 것 같아서요."

그 대답을 들은 이용운이 서둘러 말했다.

"네가 잘 몰라서 하는 말이다."

"제가 뭘 모른단 말입니까?"

"이편이 오히려 더 빠를 수도 있어."

"네? 설마요."

"설마가 아냐. 요즘은 콘텐츠의 시대거든."

박건의 마음을 돌리기 위해서 지어낸 말이 아니었다.

성공한 영화와 드라마 한 편이 수백억의 수익을 거두어들이고 있었고, 기발한 소재로 제작한 콘텐츠가 성공을 거두면 인생 역전이 가능한 시대였다.

만약 '독한 야구'가 인기를 얻을 수 있다면?

박건이 야구선수로 성공하는 것 못지않게 많은 수익을 거둘 수 있었다.

"만약 성공하면 깜짝 놀랄 만큼 많은 수익을 거둘 수 있다니까."

해서 이용운이 재차 강조했지만, 박건은 의심이 많은 편이었다.

"성공하면 가능할 수도 있겠죠."

"성공할 거야."

"그야 모르죠."

"무조건 성공해. 내가 해설위원 인기투표 1위였다니까."

이용운은 '독한 야구'를 성공시킬 자신이 있었다. 그래서 힘주어 설명을 덧붙였음에도, 박건의 표정은 심드렁했다.

"시간 낭비하고 싶지 않습니다."

완곡하게 거절하는 박건을 확인한 이용운이 한숨을 내쉬었다.

'이대로는 안 되겠네.'

재빨리 전략을 바꾸기로 결심한 이용운이 입을 뗐다.

"해설위원으로 활동하면서 늘 갈증을 느꼈다. 윗선의 눈치를 보느라 내가 하고 싶은 말을 다 못 했거든."

"그만큼 독설을 날리셨는데도 부족하셨다고요?"

"빙산의 일각 정도였지."

"헐. 대체 얼마나 독설을 하시려고요?"

"원 없이. 괜히 '독한 야구'라고 제목을 지었겠느냐?"

놀란 표정을 짓고 있는 박건에게 이용운이 덧붙였다.

"해설위원 시절에 원 없이 독설을 해보지 못한 게 한으로 남았었다. 후배가 그 한을 풀어다오."

*　　　*　　　*

'한을 풀어 달라?'

이용운이 간곡한 목소리로 꺼낸 부탁이었다.

그렇지만 여전히 내키지 않았던 박건의 마음이 바뀐 이유는 이용운이 덧붙인 이야기 때문이었다.

"후배에게도 도움이 될 거다."

이용운은 팟 캐스트 방송인 '독한 야구'를 통해서 청우 로열스의 경기를 면밀하게 분석할 거라고 계획을 밝혔다.

박건이 직접 경험한 이용운의 야구 지식은 무척 풍부했다.

그 풍부한 지식을 바탕으로 한 냉정하면서도 깊이 있는 분석을 듣다 보면 야구에 대한 이해가 넓어질 터.

장기적으로 분명히 박건에게도 도움이 될 터였다.

'나도 미래를 대비해야지.'

지금은 이용운과 박건이 파트너십 관계를 유지하고 있었다.

또, 파트너십 관계는 무척 돈독하게 느껴졌다.

그러나 상황은 언제든지 바뀔 수 있었다.

멀리 갈 것도 없었다.

불과 며칠 전, 박건이 부탁을 거절하자 이용운은 경기 중에 박건에게 조언하지 않고 침묵으로 일관했었다.

그게 다가 아니었다.

이용운의 신분은 어디까지나 귀신.

언제든지 승천할 가능성이 있었다.

그러니 파트너인 이용운이 부재할 경우를 대비하는 게 맞았다.

즉, 야구에 대한 공부가 필요했는데, 이게 좋은 기회가 될 수 있을 거란 생각이 든 것이었다.

그럼에도 불구하고 박건이 망설인 이유는 너무 많은 시간을 뺏길 것을 우려했기 때문이었다.

"길어야 이십 분."

그때, 이용운이 말했다.

"녹음하는 데 길어야 이십 분 정도밖에 걸리지 않는다는 뜻이다."

'그 정도라면 해볼 만하지 않을까?'

박건의 생각이 또 한 번 바뀌었다. 그러나 여전히 문제는 남아 있었다.

"제 목소리를 알아보지 않을까요?"

이런 우려를 표했을 때, 이용운이 대답했다.

"후배가 그 정도로 유명하지 않다니까."

"물론 지금이야 그렇지만 앞으로 유명해질 수도 있지 않습니까?"

"걱정할 것 없다. 다 대책을 세워놨으니까."

"어떤 대책인데요?"

"목소리를 변조하는 어플을 이용하는 거다."

목소리 변조 어플에 대해서는 박건도 들어본 적이 있었다.

'진짜 준비 많이 했네.'

박건이 감탄하며 말했다.

"5 대 5로 하죠."

*　　　*　　　*

"5 대 5?"

"수익배분 비율 말입니다."

박건의 말이 끝나기 무섭게 이용운이 언성을 높였다.

"왜 수익을 배분하는데?"

"일을 하니까 그에 대한 보상을 받아야죠. 일전에 하셨던 말씀인데, 벌써 잊으신 건 아니죠?"

박건이 씩 웃으며 대답한 순간, 이용운이 여전히 억울한 목소리로 말했다.

"이건 불공평해."

"뭐가 불공평하단 겁니까?"

"후배가 하는 일에 비해 수익배분이 너무 과하단 뜻이다."

"그래서 싫으세요?"

"……."

"그럼 다른 사람 찾아보시든가요."

박건이 배짱을 부리자, 이용운이 침묵했다.

'포기하긴 힘들 거야.'

박건이 속으로 생각했다.

"해설위원으로 활동하면서 늘 갈증을 느꼈다. 윗선의 눈치를 보느라 내가 하고 싶은 말을 다 못 했거든. 해설위원 시절에 원 없이 독설을 해보지 못한 게 한으로 남았었다. 네가 그 한을 풀어다오."

아까 이 말을 꺼내던 이용운의 목소리에는 진심이 담겨 있었다.

이것이 그가 포기하지 못할 거라고 박건이 판단한 이유.

그런 박건의 예상은 적중했다.

"3 대 7."

"네?"

"수익배분을 3 대 7로 하자고."

박건이 3, 이용운이 7이라는 뜻이었다.

"누가 3입니까?"

그렇지만 박건은 모른 척 시치미를 뗀 채 물었다.

"당연히 후배가 3이지."

황당하단 목소리로 이용운이 대답한 순간, 박건이 말을 받았다.

"안 합니다."

"또 왜?"

"4 대 6으로 하시죠."

이용운이 한숨을 내쉬며 입을 뗐다.

"나쁜 놈."

*   *   *

"아아. 마이크 테스트."

박건이 재생 버튼을 누르자, 변조된 목소리가 흘러나왔다.

"어떠세요?"

"괜찮은 것 같은데."

이용운은 변조된 목소리가 마음에 든다고 대답했다. 그러나 박건은 고개를 흔들었다.

"이번에도 별로인 것 같아요."

"적당히 하자."

이미 여러 차례 박건이 변조한 목소리가 마음에 들지 않는다는 의견을 드러냈기에, 이용운의 목소리에는 짜증이 묻어 있었다.

"어차피 중요한 건 내용이니까."

그런 이용운이 덧붙였지만, 박건의 생각은 달랐다.

'기왕 시작한 것, 제대로 하자.'

이렇게 마음을 먹은 박건이 고심 끝에 제안했다.

"차라리 성별을 바꾸는 건 어떨까요?"

"성별을 바꾸자니? 여자 목소리로 방송을 하잔 뜻이냐?"

"맞습니다."

"왜?"

이용운이 내키지 않는 목소리로 이유를 물었다.

"두 가지 이유 때문입니다. 우선 신원을 감출 수 있는 가장 확실한 방법이거든요."

"다른 하나의 이유는?"

"거부감을 줄이기 위해서입니다."

"무슨 거부감?"

"선배님의 독설은 좀 부담스럽거든요."

"그 정도는 아닌데?"

"그 정도 맞습니다."

박건이 딱 잘라 말했다.

생전 이용운의 독설 해설은 무척 부담스러웠다.

그의 독설이 박건의 꿈에도 나왔을 정도이니 더 말해 무엇할까.

그리고 부담을 느낀 것은 박건만이 아니었다.

─이용운 해설위원은 남을 까 내리며 희열을 느끼는 변태가 틀림없음.

─독설 좀 그만해라. 귀가 더러워지는 느낌이다.

─이용운 해설 듣기 싫어서 TV 꺼버렸음.

─두고 보셈. 저렇게 독설하다가 나중에 천벌받을 거임.

그가 해설했던 경기 영상에 이런 댓글들이 달렸던 것이 팬들 역시 이용운의 독설 해설에 부담을 느꼈다는 증거였다.

"독설을 줄이라는 뜻이냐?"

그때, 이용운이 못마땅한 목소리로 질문했다.

"그럴 수 있겠습니까?"

"그건 어렵지."

"그럴 줄 알았습니다."

박건이 픽 웃으며 덧붙였다.

"그래서 여자 목소리로 팟 캐스트를 진행하자는 겁니다. 나긋나긋한 목소리로 독설을 하면 거부감이 덜 들 테니까요."

"정말 그럴까?"

"일단 시도해 보죠."

"알았다."

마침내 이용운이 수락하며 녹음할 준비를 마쳤다.

"그런데 녹음 방법은 어떻게 됩니까?"

"간단하다. 내가 하는 말을 후배가 그대로 옮기면 된다."

"원고 없이요?"

"필요 없다. 내 머릿속에 다 저장되어 있으니까."

그 말과 함께 이용운이 바로 해설을 시작했다.

"팟 캐스트 방송 '독한 야구'는 선수, 감독, 심지어 팬들까지 모두 독하게 까는 해설 방송입니다. 심장이 약한 분들, 임산부와 노약자는 가능한 청취를 금해주시기 바랍니다. 하루에 딱 한 경기만 집중해서 해부하는 '독한 야구', 시작합니다. 첫 경기는 청우 로열스와 대승 원더스의 정규시즌 5차전입니다. 경기의 승패는 대승 원더스의 승리, 오늘도 어김없이 패한 청우 로열스의 패인을 집중적으로 분석해 드리겠습니다."

이용운이 말을 마쳤다.
"왜 시작 안 해?"
박건이 대답했다.
"너무 긴데요."

제8장

"청우 로열스와 대승 원더스의 대결의 승부처는 두 곳이었습니다. 첫 번째 승부처는 7회 말이었죠. 두 점 차로 뒤지던 청우 로열스의 7회 말 공격, 마침내 청우 로열스에게 추격의 기회가 찾아왔습니다. 대승 원더스의 선발투수인 마이클 젠슨 선수가 볼넷 두 개를 허용하며 위기를 자초했죠. 찬스 상황에서 타석에 들어선 것은 박건 선수. 아, 박건 선수에 대해서 잘 모르는 분들이 많겠군요. 그렇지만 박건 선수에 대한 소개는 좀 더 뒤로 미루도록 하겠습니다. 더 중요한 게 있으니까요."

이용운이 불러준 대로 녹음하던 박건이 잠시 입을 다물고 눈살을 찌푸렸다.

'왜 내 소개를 뒤로 미루는 거야? 그리고 내 소개보다 더 중요한 게 대체 뭐지?'

박건이 빈정이 상한 표정을 지었을 때였다.

"빨리 계속해."

이용운이 녹음을 계속하라고 재촉했다.

결국 박건이 다시 입을 뗐다.

"무엇이 중요한 점이냐? 바로 대승 원더스의 양성문 감독이 마운드로 올라왔다는 겁니다. 투수 교체? 네, 제가 보기엔 투수 교체를 해야 할 타이밍이었습니다. 그런데 양성문 감독은 투수 교체를 단행하지 않고 그냥 내려왔습니다. 그리고 그 대가는 무척 가혹했습니다. 여러분들이 누군지도 모를 정도로 듣보잡인 박건이란 선수에게 동점 적시타를 얻어맞았으니까요."

'내 입으로 날 듣보잡이라고 불러야 하다니.'

슬쩍 미간을 찌푸렸던 박건이 계속 말을 이었다.

"여기서 중요한 건 양성문 감독의 패착입니다. 당시 영상을 돌려보시면 아시겠지만 양성문 감독은 마운드를 방문했을 때, 주로 투수인 마이클 젠슨이 아니라 포수인 강명호 선수와 주로 대화를 나누었습니다. 무슨 얘기를 했느냐? 그건 저도 현장에 없었으니 모르겠습니다. 그래도 어느 정도 짐작은 가능합니다. 젠슨 구위 어때? 구위가 많이 떨어졌어? 괜찮아? 그럼 도망가지 말고 승부 하라고 해. 9번 타자야. 듣보잡 9번 타자. 이게 제가 추측하는 양성문 감독과 강명호의 대화입니다."

'또 듣보잡?'

박건이 더욱 미간을 찌푸리며 말을 이었다.

"포수인 강명호는 마이클 젠슨의 구위가 경기 초반과 비교해서 크게 차이가 없다고 대답했고, 그 이야기를 들은 양성문 감독은 타석에 들어선 것이 9번 타자라는 것에 방심해서 직구로 윽박지르라는 지시를 했습니다. 그리고 결과는 다들 아시다시피 누상의 주자 두 명을 모두 불러들이는 2루타를 허용한 겁니다. KBO 리그 최고의 명장이라 칭송받는 양성문 감독이 범했던 패착이죠. 그리고 저는 그 수식어가 과하다고 생각합니다. 양성문 감독은 명장이 아니라, 선수빨로 성공한 감독이거든요."

'역시 독설가!'

박건이 한숨을 내쉬었다.

선수, 감독, 팬들까지 모두 까는 독한 해설을 하겠다는 포부를 밝힌 그대로였다.

이용운은 거침없이 양성문 감독을 디스했다.

그래서 실소를 머금었던 박건이 천천히 고개를 끄덕였다.

"마이클 젠슨을 상대하는 편이 더 좋다. 데이터가 쌓였으니까. 오케이. 안 바꾸는군. 직구를 노려라."

7회 말. 1사 1, 2루 상황에서 박건이 타석에 들어설 때, 이용운이 건넸던 조언이었다.

당시 이용운은 마이클 젠슨이 초구로 직구를 던질 거라고 예측했었다.

그 예측이 적중한 덕분에 박건은 누상의 주자 2명을 모두 불러들이는 적시 2루타를 때려낼 수 있었고.

이용운은 당시에 초구로 직구가 들어올 거라고 예측했던 이유에 대해서 알려주지 않았었다. 그러나 방금 박건은 그 이유를 알게 된 것이었다.

'그런 이유였구나.'

박건이 고개를 끄덕이며 계속 녹음을 이어나갔다.

"하지만 더 한심한 것은 청우 로열스입니다. 기껏 동점을 만들었음에도 1사 2루의 득점 찬스를 살리지 못했거든요. 팀 순위는 꼴찌, 그렇지만 잔루는 1위. 이게 바로 청우 로열스 팀의 현주소이자 부끄러운 민낯입니다. 말 그대로 형편없는 팀이죠. 그리고 청우 로열스가 형편없는 팀이라는 것은 8회 초에 바로 증명됩니다. 오늘의 두 번째 승부처는 바로 8회. 7회 말 공격에서 어렵게 동점을 만들어내는 데 성공한 만큼, 청우 로열스 입장에서는 8회 초 수비에서 무실점으로 막는 것이 가장 중요합니다. 그래서 청우 로열스의 한창기 감독은 필승조인 차윤수 선수를 8회에 투입했습니다. 그러나 결과는 좋지 않았습니다. 대타자로 출전했던 이명경 선수에게 솔로홈런을 얻어맞고 실점했으니까요."

박건이 속으로 한숨을 내쉬었다.

지난 경기에서 가장 뼈아팠던 순간.

차윤수가 이명경에게 솔로홈런을 허용하며 역전을 당하던 순간이 떠오르자, 저절로 한숨이 새어나왔던 것이었다.

"자, 여기서 주목해야 하는 건 차윤수 선수가 이명경 선수에게 결승 홈런을 얻어맞은 게 아닙니다. 투수가 타자에게 홈런을 얻어맞는 것. 새삼스러운 일도, 그리 대단한 일도 아니니까요. 그럼에도 불구하고 제가 8회 초를 승부처로 지목하고 주목한 이유는 한창기 감독 때문입니다. 흔히 청사진이라고 표현하죠. 올 시즌 청우 로열스 감독으로 부임한 한창기 감독은 불펜야구를 목표로 삼았습니다. 이미 여러분들은 잊으셨겠지만, 한창기 감독은 청우 로열스 감독으로 부임한 후 얼마 지나지 않아서 했던 인터뷰에서 불펜야구를 할 것이라고 천명했습니다. 그런데 지금 청우 로열스가 불펜야구를 하고 있습니까? 필승조, 그리고 마무리투수까지. 불펜투수들이 견고합니까? 제가 봐선 아닙니다. 물론 기록상 청우 로열스가 역전패가 가장 적은 팀이긴 하지만, 그 이유는 불펜진이 강해서가 아니라 앞서고 있는 경기가 많이 없어서입니다."

'날카롭네.'

이용운의 분석은 무척 체계적이고 날카로웠다.

내심 감탄하며 박건이 계속 말했다.

"그런데 이건 한창기 감독만의 문제가 아닙니다. 감독 혼자만의 책임이 아니라, 프런트도 분명히 책임이 있습니다. 청우 로열스의 송이현 단장도 많이 반성해야 한다는 뜻입니다. 그래서 제가 드리고 싶은 제언은 송이현 단장과 한창기 감독이 만나서 허심탄회하게 의견을 교환하라는 겁니다. 감독이 원하는 야구를 펼칠 수 있도록 송이현 단장 이하 프런트가 서포트를 해줘야 하거든요. 그뿐만이 아닙니다. 청우 로열스 팬들도 반성해야 해요. 새로운 단장, 그리고 새로운 감독이 자신들의 야구 색깔을 드러내기까지는 시간이 필요합니다. 그때까지 비난을 자제하고 기다려 줘야 합니다."

'진짜… 모두 까기네.'

박건이 속으로 혀를 내둘렀다.

선수, 감독, 단장, 그리고 심지어 팬들까지.

이용운은 두루 깠다.

말 그대로 모두 까기.

'이래도 되나?'

오죽하면 이런 생각이 들었을 정도였다.

그사이 이용운의 말이 이어졌고, 박건이 재차 녹음을 이어나

갔다.

"벌써 시간이 이렇게 흘렀네요. '독한 야구' 첫 방송. 재미있으

셨나요? 다음 방송엔 더 독하게 분석하겠다는 약속을 드리며 이

만 물러가겠습니다."

뚝.

인사말을 마치고 녹음 중지 버튼을 누른 박건이 억울한 표정

을 지었다.

"하나 빠뜨렸는데요."

"뭘 빠뜨려?"

"제 소개요."

"응?"

"아까 듣보잡 박건 선수에 대한 소개를 뒤로 미루겠다고 말씀

하셨잖아요? 그런데 아직 안 했습니다."

박건의 지적을 들은 이용운이 대답했다.

"아, 그거. 다음에 하자."

이용운이 대수롭지 않은 목소리로 덧붙였다.

"별로 안 중요하니까."

*　　　*　　　*

청우 로열스 VS 대승 원더스.

양 팀의 3연전 마지막 경기를 앞두고 선발 라인업이 발표됐다.

"선발 라인업에 포함된 걸 축하한다."

박건이 좌익수 겸 9번 타자로 출전한다는 것을 확인한 이용운이 축하 인사를 건넸다. 그렇지만 박건에게서 대답은 돌아오지 않았다.

'삐졌네.'

불퉁한 표정을 짓고 있는 박건을 확인한 이용운이 쓰게 웃었다.

팟 캐스트 방송 '독한 야구'의 첫 방송에서 박건에 대한 소개를 하지 않은 것 때문에 기분이 상한 것이었다.

"어이, 사랑하는 후배."

"사랑하는 후배…요?"

"그럼 후배지. 선배는 아니잖아? 내가 왜 후배 소개를 안 했는지 모르지?"

"알고 있습니다."

"안다고?"

"별로 안 중요하니까요."

'단단히 빈정이 상했네.'

박건의 대답을 들은 이용운의 입가에 떠올라 있던 미소가 짙어졌다.

'풀어줘야지.'

앞으로도 계속 파트너십을 유지해야 하는 상황.

박건의 마음을 풀어줄 필요가 있다고 판단한 이용운이 말했다.

"진짜 이유는 따로 있다. 굳이 소개를 할 필요가 없게 만들고 싶었거든."

"무슨 뜻입니까?"

"간신히 6연패를 끊고 1승을 거뒀지만, 다시 2연패에 빠지며 청우 로열스의 난세가 찾아왔다. 난세에 영웅이 등장할 때가 됐다는 뜻이지. 만약 후배가 그 영웅이 된다면, 굳이 소개를 할 필요가 없어질 것 아니냐?"

"그렇긴… 하죠."

"그래서 오늘 경기가 중요하다. 진짜 시험대거든."

"진짜 시험대요?"

"만약 오늘 경기에 선발 출전한 후배가 좋은 활약을 펼친다면, 선발 자리를 확고히 할 수 있거든."

그 이야기를 들은 박건이 두 눈을 초롱초롱 빛냈다.

'확실히 단순해!'

속으로 그렇게 생각하면서 이용운이 덧붙였다.

"그런 의미에서 오늘은 두 가지가 중요하다."

"그 두 가지가 뭡니까?"

이용운이 대답했다.

"호수비, 그리고 결승 홈런."

*　　　　*　　　　*

조던 픽스, 그리고 정원준.

3연전 마지막 경기에 양 팀이 내세운 선발투수의 면면이었다.

조던 픽스는 명실공히 청우 로열스의 에이스 투수.

반면 정원준은 올 시즌 대승 원더스의 3선발 역할을 맡고 있었다.

"투수전이 될 거다."

그럼에도 불구하고 이용운은 투수전이 펼쳐질 거라고 예측했다.

그 이유는 정원준이 좋은 투수였기 때문이었다.

4승 1패, 방어율 1.57.

올 시즌 벌써 4승을 거두었고, 방어율도 1점대 중반에 불과했다.

등판 순서상 3선발로 분류됐지만, 두 외국인 투수인 앤서니 니퍼트와 마이클 젠슨과 비교해도 손색이 없을 정도였다.

그런 이용운의 예측은 이번에도 적중했다.

1—1.

6회가 끝났을 때의 스코어였다. 그리고 7회 초, 대승 원더스의 공격이 시작됐다.

*　　　*　　　*

7회 초, 대승 원더스의 선두타자는 4번 타자 유대호였다.

"고비가 왔다."

이용운의 말이 씨가 된 걸까.

슈악.

따악!

유대호는 조던 픽스가 던진 높은 코스에 형성된 슬라이더를 놓치지 않고 받아쳤다.

'홈런?'

배트 중심에 걸린 타구를 본 순간, 박건이 퍼뜩 떠올린 생각이었다.

쭉쭉 뻗는 타구를 확인한 박건이 본능적으로 몸을 돌렸다. 그리고 펜스 쪽으로 맹렬히 달려갈 때였다.

"스톱!"

이용운이 소리쳤다.

'왜 멈추라는 거지?'

박건이 의아한 표정을 지은 채 고개를 돌렸다.

유대호가 때린 타구의 궤적을 확인하기 위함이었다.

'여전히 뻗고 있다?'

아까 박건의 예상대로 타구의 비거리는 길었다.

그런데 왜 이용운이 멈추라고 말하는지 박건이 이해를 못 했을 때였다.

"스톱 하라고."

재차 이용운이 소리쳤다.

"왜요?"

박건이 참지 못하고 묻자, 이용운이 다급하게 소리쳤다.

"펜스플레이를 해야 해."

'펜스플레이? 넘어가지 않는다는 건가?'

잠시 망설이던 박건이 결심을 굳히고 멈춰 선 순간이었다.

"유대호의 발이 무척 느리다는 사실은 알고 있겠지? 워낙 배트 중심에 잘 맞은 타구라 속도가 무척 빨랐다. 펜스플레이만 침착하게 해내면 충분히 2루에서 아웃시킬 수 있다."

'이거였구나.'

이용운이 타구를 잡기 위해서 계속 쫓지 말고 멈추라고 한 이유를 알게 된 박건이 최대한 집중했다.

탕.

펜스를 직격한 타구가 튕겨 나온 순간, 미리 대기하고 있던 박건이 글러브를 내밀어 침착하게 포구했다.

빙글 몸을 돌린 박건의 눈에 1루 베이스를 통과한 유대호가 뱃살을 출렁이며 2루로 내달리는 모습이 들어왔다.

슈아악.

박건이 던진 송구가 2루수의 글러브로 노바운드로 정확하게 들어갔다.

"아웃!"

유대호가 태그를 피하지 못하고 아웃당한 순간, 초조하게 지켜보던 조던 픽스가 오른손을 들어 박건을 가리켰다.

그가 엄지손가락을 추켜세우고 있는 것을 확인한 박건이 환하게 웃었을 때였다.

"좋았어."

이용운이 흡족한 목소리로 소리쳤다.

그 칭찬이 들려온 순간, 박건이 의아한 표정을 지었다.

평소 칭찬이 인색했던 이용운이 너무 과한 반응을 드러내고 있다는 생각이 들어서였다.

"웬일이십니까?"

"뭐가?"

"칭찬에 무척 인색하신 편 아니십니까?"

"나에 대해 잘 모르는구나. 나도 칭찬할 만할 때는 칭찬한다. 그리고 후배한테 한 칭찬이 아니다."

"그럼요?"

"내게 한 칭찬이다."

"……?"

"타격음과 타구 궤적을 통해서 비거리를 정확히 예측하고 펜스플레이를 지시한 내가 자랑스럽거든."

'어쩐지.'

박건이 픽 웃으며 속으로 생각했다.

'숙제 하나는 해치웠네.'

호수비, 그리고 결승 홈런.

이용운이 오늘 경기를 앞두고 내줬던 숙제들이었다. 그 숙제들 가운데 하나를 해치웠다는 생각에 박건이 홀가분한 표정을 지었다.

*　　　*　　　*

8회 말, 청우 로열스의 공격.

대승 원더스의 마운드는 여전히 정원준이 지키고 있었다.

슈아악.

따악.

2사 주자 없는 상황에서 타석에 들어선 김천수가 정원준의 직구를 밀어 때려 깔끔한 좌전 안타를 뽑아냈다.

대기타석에 서 있던 박건의 눈에 양성문 감독이 더그아웃을 박차고 나와 마운드로 걸어 올라오는 모습이 보였다.

"바꿀 거야."

그때, 이용운이 말했다.

"왜 투수를 교체할 거라고 판단하신 겁니까?"

"학습효과 때문이지."

"네?"

"어제 경기와 비슷한 상황이지 않아? 양성문 감독은 어제 경기 비슷한 상황에서 마이클 젠슨을 교체하지 않고 그대로 밀어붙였다가 동점 적시타를 허용했지. 아무리 머리가 나빠도 고작 하루 전에 있었던 일을 벌써 잊진 않았을 것 아니냐? 양성문 감독은 분명히 투수 교체를 할 거다."

이용운의 예상대로였다.

승리투수 요건을 갖추지 못했기 때문일까.

정원준은 아쉬운 기색을 드러냈지만, 양성문 감독은 단호하게 공을 건네받았다.

양성문 감독이 교체한 투수는 윤태수.

일련의 과정을 지켜보던 이용운이 말했다.

"판은 마련됐네."

"무슨 판이 마련됐다는 겁니까?"

"정원준의 공에 전혀 타이밍을 못 맞췄잖아."

박건이 입맛을 쩝 다셨다.

이전 두 타석에서 박건은 모두 범타로 물러났다.

첫 타석에서는 내야땅볼, 두 번째 타석에서는 외야뜬공.

그렇지만 박건에게도 변명거리는 있었다.

"선배님의 예측이 빗나갔기 때문이죠."

"그래서 판이 마련됐다고 말한 거다. 정원준은 워낙 구종이 다양해서 수 싸움이 쉽지 않았거든. 그런데 윤태수는 달라. 직구와 슬라이더, 주로 두 가지 구종만 구사하는 투 피치 유형의 투수거든."

"이번에도 초구를 노릴까요?"

이용운이 이전에 했던 바뀐 투수의 초구를 노리라는 조언이 떠올라 박건이 물었다.

"그래. 슬라이더가 들어올 거다."

"슬라이더요?"

"학습효과 때문이지."

박건이 두 눈을 빛냈다.

어제 경기에서 박건은 마이클 젠슨의 직구를 때려서 누상의 주자들을 모두 불러들이는 적시 2루타를 때려냈었다.

이것이 윤태수가 초구에 슬라이더를 던질 거라고 예측한 이유였다.

'연결.'

그 사실을 깨달은 순간, 박건이 떠올린 단어였다.

여전히 수 싸움을 통해서 상대 투수가 던질 구종을 예측하는 것은 어려웠다.

그렇지만 어렴풋하게나마 수 싸움의 원리는 알 수 있을 것 같았다.

점과 점이 연결되듯이, 지난 경기에서 박건이 펼친 플레이가 오늘 경기에도 영향을 미치는 것이었다.

'남은 숙제까지 해치우자.'

호수비에 이어서 결승 홈런을 날리겠다고 결심한 박건이 타석에서 집중했다.

따악.

잠시 후 박건이 때린 타구가 빨랫줄처럼 쭉 뻗어나갔다.

*　　　　*　　　　*

히죽.

침대에 등을 기댄 채 앉아 있던 박건이 웃었다.

그러지 않으려고 해도 자꾸 웃음이 실실 새어나왔다.

"숙제도 못 한 주제에 왜 아까부터 실실 쪼개고 있어?"

그때, 이용운이 질책했다. 그리고 이용운이 지적한 것은 대승 원더스와의 3연전 마지막 경기에 선발 출전했던 박건이 결승 홈런을 때려내지 못한 부분이었다.

박건이 바뀐 투수인 윤태수의 슬라이더를 받아친 타구.

배트 중심에 제대로 걸렸지만, 외야 펜스를 넘기지는 못했다.

펜스를 직격하고 나오면서 1타점 적시 2루타가 됐다. 그러나 박건의 2루타는 청우 로열스의 승리에 큰 역할을 했다.

후속 타자인 양훈정의 적시타가 터졌을 때, 박건을 대신해 대주자로 출전했던 백해일이 홈으로 파고들며 결국 2—1로 승리를 거두었으니까.

그리고 하나 더.

박건은 그 후 세 경기에 더 선발 출전을 했다.

'주전을 확보했어!'

이것이 박건의 입가에서 웃음이 떠나지 않는 이유였지만, 이용운은 독설가답게 질책을 멈추지 않았다.

"아직 웃을 때 아니다."

"왜요?"

"후배가 선발 출전한 세 경기에서 청우 로열스는 우송 선더스에게 스윕을 당했으니까."

"쩝."

박건이 입맛을 다셨다.

이용운의 지적대로였다.

3타수 2안타.

4타수 1안타.

3타수 1안타.

청우 로열스와 우송 선더스의 3연전에 선발 출전했던 박건은 매 경기 안타를 기록했다.

그렇지만 팀의 패배를 막지는 못했다.

박건이 타석에서 안타를 때려냈을 때는 대부분 주자가 없는 상황이었기 때문이다.

"그래도 이게 어딥니까? 일단 주전은 확보했지 않습니까?"

박건이 항변한 순간, 이용운이 되물었다.

"누가 주전을 확보했대?"

*　　　　*　　　　*

박건이 팟 캐스트 방송 '독한 야구' 녹음을 준비하며 이용운에게 물었다.

"그나저나 '독한 야구' 청취하는 사람들이 좀 늘었습니까?"

그 질문을 받은 이용운이 대답했다.

"오십……."

"오십만 명이요?"

예상보다 훨씬 많은 숫자에 박건이 깜짝 놀라서 되물었을 때였다.

"만 빼라."

이용운이 덧붙였다.

'오십만 명에서 만 명을 빼면… 49만 명? 이거 진짜 돈 되겠네.'

여전히 청취자들의 수가 많았기에 박건이 기꺼운 표정으로 말했다.

"벌써 49만 명이나 '독한 야구'를 듣는 겁니까?"

"…그냥 만이라는 글자를 빼라고."

잠시 후, 이용운이 힘없는 목소리로 다시 덧붙였다.

"만이라는 글자를 빼면… 혹시 오십 명입니까?"

"맞다."

"겨우요?"

"첫술에 배부를 수야 없지. 아직 홍보가 안 돼서 그럴 거다. 홍보만 되면 금세 청취자 수가 늘어날 거다."

"과연 그럴까요?"

박건이 영 못 미더운 표정을 지었다.

"돈도 안 되고 듣는 사람도 없을 것 같은데 그냥 접으시죠."

넌지시 팟 캐스트 방송인 '독한 야구'를 접자고 제안한 순간, 이용운이 바로 대답했다.

"안 돼."

"왜 안 된다는 겁니까? 아까운 시간만 낭비하게 될 것 같은데."

"시간 낭비 아냐. 내가 '독한 야구'를 시작한 데는 다른 이유도 있으니까."

"어떤 이유요?"

박건이 물었지만, 이용운은 대답하지 않았다.

대신 화제를 돌렸다.

"오늘 송이현 단장과 만난다고 했지?"

"네."

"잘됐네. 이따 송이현 단장을 만날 때, '독한 야구'에 대해 넌지시 알려줘."

이용운이 꺼낸 부탁을 들은 박건이 픽 하고 실소를 흘렸다.

"어지간히 마음이 급하신가 보네요. 송이현 단장에게까지 홍보해서 청취자 수를 늘리려는 것을 보니."

"그런 이유가 아니다."

"맞는 것 같은데요?"

"아니라니까."

"그럼 대체 다른 이유가 뭡니까?"

이용운이 대답했다.

"봉황의 깊은 뜻을 참새가 어찌 알겠냐? 후배는 그냥 시키는 대로 하기나 해."

＊　　　＊　　　＊

"오늘 메뉴는… 짬뽕이네."

청우 로열스로 이적해서 1군 무대에서 뛰게 된 후, 가장 좋은 점 가운데 하나가 음식이었다.

2군과 1군의 식사는 달랐고, 특히 청우 로열스의 경우 음식이 잘 나오는 편이었다.

김이 모락모락 올라오는 짬뽕의 얼큰한 국물과 쫄깃한 면발을 맛볼 생각에 박건은 벌써 입에 침이 고였다.

'두 그릇 먹어야지.'

박건이 다부진 각오를 다지며, 막 젓가락을 들었을 때였다.

"짬뽕 좋아하냐?"

이용운이 물었다.

"최애 음식입니다."

박건이 신이 난 목소리로 대답하자, 이용운이 혀를 끌끌 찼다.

"다른 음식은 뭘 좋아하냐?"

"자장면도 좋아하고, 라면과 칼국수… 아, 냉면도 좋아합니다."

박건이 선호하는 음식들을 알려주자, 이용운이 대답했다.

"주로 면류를 좋아하는구나."

"그렇습니다."

"참 생각 없다."

이용운이 혀를 차며 비난했다. 그 비난은 들은 박건이 발끈했다.

어떤 음식을 평소 즐기냐고 묻기에 면류를 좋아한다고 밝혔을 뿐인데, 생각 없다는 핀잔을 들었으니 어찌 기분이 좋을 수 있을까?

"면 좋아하는 게 비난까지 받을 일입니까?"

"원래라면 비난받을 일이 아니지. 그러나 후배는 다르다."

"왜 다르다는 겁니까?"

"야구선수, 그것도 프로선수니까."

"……?"

"평소 식단의 중요성을 전혀 모르고 있구나."

이용운과 대화를 나누던 박건이 고개를 돌렸다.

후릅.

후루루릅.

현재 청우 로열스 1군에서 활약하고 있는 다른 선수들이 맛있게 짬뽕을 흡입하는 모습이 보였다.

그 모습을 확인하고 난 후, 박건이 억울한 표정을 지었다.

"다들 잘 먹고 있지 않습니까?"

"온통 한심한 놈들투성이구나. 이러니 청우 로열스의 리그 순위가 최하위지. 아니, 이건 선수들만의 문제가 아니다. 짬뽕을 떡하니 메뉴에 올린 청우 로열스 구단도 한심하기 짝이 없구나."

못마땅한 목소리를 던지는 이용운에게 박건이 지적했다.

"면 붑니다."

"응?"

"지금 이 순간에도 면이 계속 붇고 있다는 뜻입니다."

"지금 그게 중요해?"

"제게는 아주 중요한 문제입니다."

이 순간에도 최애 음식인 짬뽕의 면이 계속 붇고 있었다.

퉁퉁 불어서 쫄깃함이 사라져 버린 면은 상상만으로도 끔찍했다.

그로 인해 마음이 조급해진 박건이 대답하자, 이용운이 말했다.

"실컷 먹어라. 오늘이 선수 생활을 하는 동안 후배 인생에서 마지막 짬뽕이 될 테니까."

*   *   *

"왜… 마지막 짬뽕이라는 겁니까?"

아까도 말했듯이 짬뽕은 박건의 최애 음식이었다.

그런 짬뽕과 작별할 위기에 처한 박건이 당황한 목소리로 묻자, 이용운이 단호한 목소리로 대답했다.

"짬뽕 먹으면 야구를 못하거든."

"……?"

"짬뽕과 야구, 둘 중 하나만 선택해라."

이용운이 최후통첩을 한 순간, 박건이 발끈했다.

"사람이 왜 이렇게 극단적인 겁니까?"

"사람이 아니니까."

"네?"

"내가 귀신이란 사실을 잊은 건 아니겠지?"

박건이 쩝 하고 입맛을 다셨을 때, 이용운이 다시 입을 뗐다.

"운동선수, 특히 프로선수는 일반인들보다 먹는 게 훨씬 중요하다. 짬뽕의 면을 뭘로 만들었느냐?"

"그야 밀가루죠."

"밀가루 음식은 비만 확률을 높인다. 그리고 비만은 당뇨병과 지방간, 고혈압 등으로 이어지지. 그리고 밀가루에 들어 있는 글루텐이란 성분은 소화를 방해해서 복통 등을 유발하기도 하지. 쉽게 말해 밀가루 음식을 먹고 나면 속이 더부룩한 느낌이 드는 것은 소화가 잘되지 않기 때문이다."

밀가루 음식의 해악에 대한 이용운의 설명을 듣던 박건이 입을 쩍 벌렸다.

너무 충격적인 내용이어서가 아니었다.

이용운이 식품영양학과 교수 못지않게 밀가루 음식의 해악에 대해서 해박한 지식을 지녔다는 것이 박건을 놀라게 만든 것이었다.

"어떻게 그렇게 잘 아십니까?"

"해설위원이었으니까."

"하지만……."

단지 해설위원이었다는 이유로 이렇게 해박한 지식을 보유하는 게 정상이냐?

원래 박건이 던지려고 했던 질문이었다.

그렇지만 이용운이 한발 더 빨랐다.

"내가 해설위원으로 처음 위촉됐을 때, 가장 힘들었던 게 뭔지 아느냐?"

"글쎄요."

박건이 모르겠다고 대답하자, 이용운이 덧붙였다.

"평균 경기시간이 네 시간이다. 그 네 시간 동안 해설위원은 계속 떠들어야 하지. 처음 해설위원이 됐을 때 가장 힘들었던 게 바로 그 부분이었다. 네 시간 동안 계속 쉬지 않고 떠들어야 하는데, 할 말이 없었거든."

이용운이 경험을 바탕으로 해설위원의 고충을 털어놓았다.

그 고충을 들은 박건이 수긍했다.

무려 네 시간 동안 쉴 새 없이 말하는 것.

결코 쉬운 일이 아니었다.

친구와 잡담도 한 시간 정도 나누다 보면 할 말이 떨어지기 마련이었다.

그런데 해설위원은 잡담을 하는 것이 아니었다.

경기 내용과 관련된 이야기만 하면서 네 시간을 버텨야 하는 것이었다.

"초창기에는 긴장해서 내가 무슨 얘길 했는지조차도 잘 기억하지 못했다. 나중에 모니터를 해보고 난 후에야 내 해설의 심각한 문제를 깨달았다."

"어떤 문제였습니까?"

"했던 말을 반복한다는 거였다. 그리고 그런 문제가 발생한 이유는 간단했다. 내가 아는 게 별로 없어서였지."

"그래서 어떻게 하셨습니까?"

"달리 방법이 있나? 열심히 공부했지. 네 시간을 떠들어도 충분할 정도로 야구와 관련된 지식을 늘리자. 이렇게 마음을 먹고 공부하다 보니 자연스레 아는 게 많아졌다. 밀가루의 해악에 대해서도 그 과정에서 알게 된 거고."

박건이 감탄한 표정을 지었다.

초보 해설위원 이용운은 야구 관련 지식의 부족이라는 심각한 문제점을 안고 있었다. 그렇지만 그는 도망치지 않고 피나는 노력으로 본인의 문제를 해결해 낸 것이었다.

'존중받을 만해.'

해설계의 독설가 이용운.

그의 해설을 싫어하는 사람들은 많았다. 그렇지만 그의 해설을 좋아하는 사람들은 더 많았다.

야구에 대한 깊은 지식과 통찰력이 돋보였기 때문이었다.

괜히 그가 야구 해설위원 인기투표에서 1위를 차지했던 것이 아니었다.

"표정이 왜 그래?"

잠시 후, 이용운이 물었다.

"그 노력에 감탄했습니다."

"다들 이 정도는 하지 않아?"

"저는 그렇게 못 했습니다."

박건이 자책할 때, 이용운이 물었다.

"지금 반성하는 거냐?"

"그렇습니다."

"그럼 당장 실천으로 옮겨."

"뭘 실천하란 겁니까?"

"당장 짬뽕부터 끊어."

'기승전짬뽕이구나.'

최애 음식인 짬뽕과 헤어질 시간이 점점 가까이 다가옴을 느낀 박건이 한숨을 내쉰 순간, 이용운이 물었다.

"초코비치, 알지?"

"테니스 선수요?"

"그래. 한때 세계 랭킹 1위에 올랐을 정도로 대단한 선수였지. 초코비치가 코트에서 경기하는 모습을 본 적 있느냐?"

"TV 뉴스에서 봤습니다."

마지못해 대답하던 박건이 눈살을 찌푸렸다.

갑자기 야구선수도 아닌 테니스선수인 초코비치 이야기를 꺼내는 이용운의 의중을 파악하기 힘들어서였다.

"체형이 비쩍 말랐다는 느낌이 들 정도로 날씬하지 않더냐?"

"날씬하긴 하더군요."

"왜 그리 날씬할까?"

"체질이 아닐까요?"

박건이 조심스럽게 추측한 순간, 이용운이 단호하게 말했다.

"예전에는 안 그랬어. 보통 체형이었지. 그런데 어느 순간부터 비쩍 말랐다는 느낌이 들 정도로 체형이 날씬해졌지. 이게 체질 때문은 아니라는 증거지. 그리고 중요한 건 그게 아니다."

"그럼 뭐가 중요한 겁니까?"

"성적."

이용운이 대답과 함께 설명을 이었다.

"비쩍 마른 느낌이 들 정도로 체형이 날씬해지고 난 후, 초코비치의 성적이 상승 곡선을 그렸다. 호주 오픈을 비롯해서 메이저대회 우승도 여러 차례 차지했고."

"체형이 변한 것이 성적 상승과 연관이 있다는 말씀이십니까?"

"그래. 초코비치는 밀가루에 들어 있는 성분인 글루텐을 섭취하지 않도록 식단을 변경했다. 그 덕분에 체질을 개선해서 잠재력을 끌어낼 수 있었던 거지."

밀가루 음식을 먹지 않는 것.

막연하게 예상하는 것보다 훨씬 더 어려운 일이었다.

어지간한 음식에는 밀가루가 들어가기 때문이다.

그렇지만 초코비치는 그 어려운 일을 해낸 셈이었다.

덕분에 그저 그런 선수에서 세계 정상급 선수로 발돋움할 수 있었고.

'나도 할 수 있다. 아니, 해야 한다.'

박건이 마침내 단호한 각오를 품었을 때, 이용운이 말했다.

"은퇴를 하고 나면 가장 하고 싶은 일이 뭐냐는 질문을 받았을 때, 초코비치가 뭐라고 대답했는지 알아?"

"어떤 대답을 했습니까?"

"피자를 실컷 먹어보고 싶다고 했어."

'피자라.'

피자는 대표적인 밀가루 음식.

소박하면서도 간절한 초코비치의 대답을 들은 박건이 입을 뗐다.

"저도 나중에 인터뷰를 할 때 이런 소원을 꺼내겠습니다."

"어떤 소원?"

박건이 대답했다.

"은퇴하고 나면 짬뽕을 실컷 먹는 게 소원이라고요."

제9장

「임건우—조용호 트레이드. 윈윈 트레이드가 될까?」

송이현이 트레이드 관련 기사를 살폈다.

대승 원더스와 청우 로열스.

현재 리그 선두를 달리고 있는 대승 원더스와 청우 로열스가
두 선수 트레이드에 합의했다는 소식을 알리는 기사에는 수많은
댓글들이 달려 있었다.

—드디어 청우 로열스 프런트가 일했음.

—임건우 영입 대박.

—임건우 덕분에 탈꼴찌 할 듯.

—임건우도 청우 로열스에서 주전을 확보할 테니 팀과 선수 모

두에게 최상의 선택으로 보임.

한성 비글스에서 웨이버공시됐던 박건을 청우 로열스로 영입했을 때와는 기사 아래 달려 있는 댓글의 분위기가 많이 달랐다.

워낙 선수층이 두터워 대승 원더스에서 백업으로 활용되고 있는 임건우가 트레이드를 통해 청우 로열스로 이적했다는 소식이 전해지자, 팬들은 환영 일색이었다.

"이제야 일 좀 한 것 같네요."

송이현이 웃으며 말하자, 제임스 윤이 화답했다.

"덕분에 야알못 단장에서 능력 있는 단장으로 평가가 바뀌었네요."

그 대답을 들은 송이현의 표정이 더욱 밝아졌다.

박건은 청우 로열스로 이적 후, 연착륙에 성공했다.

비록 청우 로열스의 연패에 가려져서 부각되지 못하고 있었지만, 박건은 좋은 타격감을 유지하며 팀타선에 활력을 불어넣고 있었다.

이런 상황에서 즉시전력감인 임건우까지 영입하는 데 성공했다.

그 과정에서 필승조에 속한 불펜투수 조용호를 내주는 출혈이 있었지만, 팬들은 임건우의 영입에 만족하는 분위기였다.

그때였다.

고기 집의 문이 열리고 박건이 안으로 들어섰다.

"여기예요."

송이현이 번쩍 손을 들었고, 그녀를 발견한 박건이 탁자 앞으로 다가왔다.

"고기, 괜찮죠?"

"네, 좋아합니다."

"다행이네요. 제가 사는 거니까 실컷 드셔도 돼요."

송이현의 입장에서는 박건이 예쁠 수밖에 없었다.

단장으로 취임한 후 첫 영입작이었던 박건이 청우 로열스로 이적한 후 좋은 활약을 펼치고 있기 때문이었다.

그래서 식사를 대접하려고 부른 것이었고.

"잘 먹어야 야구를 더 잘하죠."

송이현이 덧붙인 이야기를 들은 박건이 물었다.

"잘 아시면서 왜 그러셨습니까?"

"네?"

"프로야구선수에게 식사가 중요하다는 것을 잘 알면서 왜 식당 운영에는 무관심하신 겁니까?"

그 질문을 받은 송이현이 당황했다.

"무슨 뜻이죠?"

"오늘 점심 메뉴가 무엇이었는지 아십니까?"

송이현이 점심 메뉴가 무엇이었는지 알 리 없었다.

"뭐였는데요?"

그래서 되묻자, 박건이 대답했다.

"짬뽕이었습니다."

'맛이 없었나?'

송이현이 속으로 생각하며 물었다.

"짬뽕이 별로였나요?"

"짬뽕은 맛있었습니다. 제 인생에서 마지막 짬뽕일 수도 있다는 생각이 들어서 그런지 몰라도 더 맛있었습니다."

'마지막 짬뽕?'

박건이 꺼낸 말을 제대로 이해하기 어려웠다. 그래서 송이현이 의아한 표정을 짓고 있을 때였다.

"문제는 맛이 아니라, 메뉴입니다."

"……?"

"운동선수에게 밀가루 음식은 독이나 마찬가지니까요."

거기까지는 생각지 못했을까.

송이현 단장은 당황한 기색을 드러냈다. 그리고 당황한 것은 제임스 윤 역시 마찬가지였다.

"저희가 잘못했네요."

제임스 윤은 순순히 잘못을 인정했다.

"운동선수의 식단은 무척 중요합니다. 제가 더 꼼꼼하게 챙겼어야 했는데, 워낙 경황이 없어서 거기까지 챙기지 못했습니다."

제임스 윤이 자책하는 사이, 박건은 속으로 한숨을 내쉬었다.

'진짜 작별이구나.'

이 발언을 함으로써 최애 음식인 짬뽕과의 이별이 더 가까워졌다는 것을 느낄 수 있었기 때문이다.

'내 입으로 짬뽕과의 작별을 앞당기는 발언을 하다니.'

박건이 속으로 탄식했을 때였다.

"잘했다."

이용운이 칭찬했다. 그렇지만 칭찬을 들었음에도 전혀 기쁘지 않았다. 그리고 아직 끝이 아니었다.

이용운은 박건에게 또 다른 지시를 내렸다.

"빨리해."

이용운의 재촉을 받은 박건이 입을 뗐다.

"실수하셨습니다."

박건이 마지못한 표정으로 입을 열자, 송이현이 대답했다.

"실수를 인정할게요. 앞으로는 트레이닝 파트와 협의해서 식단에 각별히 신경을 기울일 겁니다."

그녀가 실수를 인정했지만, 박건은 고개를 흔들었다.

"제가 방금 실수했다고 말씀드린 것은… 임건우 선수를 트레이드로 청우 로열스에 영입한 겁니다."

박건이 말을 마친 순간, 송이현의 표정이 딱딱하게 굳어졌다. 그리고 표정이 굳어진 것은 제임스 윤도 마찬가지였다.

'월권.'

트레이드를 추진해서 선수를 영입하는 것.

어디까지나 프런트의 업무 영역이었다.

그런데 현장에서 뛰는 선수인 박건이 대승 원더스와의 트레이드로 임건우 선수를 영입한 게 실수라고 지적하는 것.

송이현과 제임스 윤의 입장에서는 당연히 기분이 나쁠 수밖에 없었다.

'하지 말자니까.'

박건이 속으로 한숨을 내쉬었다.

이런 사실을 박건이 모를 리 없었다. 그럼에도 불구하고 결국 이런 이야기를 꺼낸 이유는 이용운 때문이었다.

"왜 실수라는 거죠?"

잠시 후, 송이현이 굳어진 표정으로 물었고, 박건이 대답했다.

"제 출전 기회가 줄어들 테니까요."

"왜 박건 선수의 출전 기회가 줄어들 거라는 거죠?"

송이현이 질문을 던졌다.

"임건우는 좋은 선수이니까요."

박건이 대답했다. 그리고 빈말이 아니었다.

대승 원더스는 선수층이 무척 두터웠고, 특히 외야수 자원은 포화 상태에 가까웠다.

지난 시즌 3할 2푼 대의 타율을 기록했던 임건우였지만, 그는 올 시즌 대승 원더스의 외야수 자원 경쟁에서 밀렸다.

공격력과 수비력이 모두 검증된 외야수를 원했던 청우 로열스와 불펜투수가 필요했던 대승 원더스의 사정이 맞아떨어지면서, 트레이드가 성사된 것이었다.

지독한 타선 부진에 시달리고 있는 청우 로열스 입장에서 임건우의 가세는 큰 도움이 될 터였다.

그렇지만 문제는 임건우를 영입한 시기였다.

―너무 빨랐다.

이용운이 임건우 영입을 두고 내린 평가였다.

"한 감독님이 저를 좋아하지 않기 때문입니다."

"한창기 감독이 박건 선수를 좋아하지 않는다고요? 왜 그렇게 생각하죠?"

"감독님이 원하던 영입이 아니었기 때문입니다."

박건과 임건우는 달랐다.

한창기 감독은 임건우의 영입을 반기는 인터뷰를 했다. 그리고 전력에 보탬이 될 임건우를 바로 선발 출전시키겠다는 의사를 밝혔다.

기존의 외야수들 가운데 누군가는 밀려나야 했고, 이용운은 그 누군가가 바로 박건이 될 거라고 단언했다.

"결국 순서의 문제였습니다."

"순서의 문제요?"

"외야 자원보다 더 시급한 포지션에 선수를 영입했어야 했다는 겁니다."

"그 시급한 포지션이 어디죠?"

"내야 자원, 특히 2루수 포지션이죠."

박건이 대답한 순간, 제임스 윤이 흥미를 드러냈다.

"왜 그렇게 판단한 거죠?"

"저도 들었습니다."

"뭘 들었다는 겁니까?"

박건이 대답했다.

"'독한 야구'라는 팟 캐스트 방송이오."

*　　　　*　　　　*

"팟 캐스트 방송 '독한 야구'의 여섯 번째 이야기입니다. 오늘 살펴볼 경기는 청우 로열스와 우송 선더스의 경기입니다. 그러나 오늘은 경기에 대한 이야기는 그냥 건너뛰도록 하겠습니다. 변비 타선, 허약한 선발진, 불안한 수비까지. 청우 로열스는 늘 똑같은 패턴으로 경기에 패했으니까 굳이 분석할 필요가 없다는 생각이 들었거든요. 솔직히 말하면 시간도 아깝고 입도 아프고요."

팟 캐스트 방송인 '독한 야구'에 귀를 기울이던 송이현이 눈살을 찌푸렸다.

변비 타선과 허약한 선발진, 그리고 불안한 수비까지.

'독한 야구'의 진행자가 입 밖으로 내뱉은 청우 로열스의 약점들이 무척 아프게 느껴졌기 때문이었다.

그렇지만 더 화가 나는 것은 반박할 수 없다는 점이었다.

그리고 또한 매번 패하는 청우 로열스의 경기는 분석할 필요도 없을 정도로 시간이 아깝고 입도 아프다는 표현도 송이현의 신경을 거슬리게 만들기에 충분했다.

그때, 함께 듣고 있던 제임스 윤이 입을 뗐다.

"시작부터 독하네요. 괜히 '독한 야구'라는 제목을 붙인 게 아니네요."

"듣지 말까요?"

송이현이 제안했지만, 제임스 윤은 고개를 흔들었다.

"어떤 이야기를 할지 궁금하긴 합니다. 조금만 더 들어보시죠."

그의 의견을 존중해 송이현이 다시 팟 캐스트 방송인 '독한 야구'에 귀를 기울였다.

"경기 분석 대신 오늘은 청우 로열스의 트레이드에 관해 이야기를 해보죠. 임건우와 조용호, 대승 원더스와 청우 로열스가 트레이드에 합의하면서 두 선수가 서로 팀을 맞바꾸게 됐습니다. 대승 원더스와 청우 로열스, 두 팀 중 어느 팀이 이번 트레이드로 이득을 본 것이냐? 이 부분에 대해서 많은 설왕설래가 있다는 사실을 저도 알고 있습니다. 그리고 그 질문에 대한 답을 저는 알고 있습니다. 청우 로열스가 손해를 봤습니다."

'왜 손해라는 거지?'

송이현이 눈살을 찌푸렸다.

청우 로열스 팬들도 임건우 선수의 영입을 환영하고 있었다.

또, 전문가들도 이번 트레이드를 통해 청우 로열스가 이득을 봤다고 평가했다. 그렇지만 '독한 야구'의 진행자가 밝힌 의견은 달랐다.

"왜 청우 로열스가 손해를 봤느냐? 그 이유는 간단합니다. 대승 원더스는 가장 필요한 포지션에 선수 영입을 한 반면에 청우 로열스는 필요성이 덜한 포지션에 임건우 선수를 영입했기 때문입니다. 한성 비글스에서 웨이버공시가 된 후 청우 로열스로 입단한 박건 선수가 현재 좋은 활약을 펼치고 있는 만큼, 청우 로열스에게 가장 필요한 영입은 외야수 포지션이 아니었습니다. 오히려 내야수, 혹은 불펜투수를 영입하는 것이 필요했습니다. 그런데 청우 로열스의 야알못 단장인 송이현 단장과 야알못 스카우트 팀장인 제임스 윤은 되레 조용호라는 괜찮은 불펜투수를 트레이드로 대승 원더스에 넘겨 버렸죠."

'내 이름이 등장했다?'

무심코 귀를 기울이던 송이현이 깜짝 놀랐다.

'독한 야구' 진행자가 자신의 이름을 거론했기 때문이었다.

그렇지만 송이현은 웃을 수 없었다.

야알못 단장이란 표현을 듣고 어찌 웃을 수 있을까.

그리고 웃지 못하는 것은 제임스 윤도 마찬가지였다.

메이저리그 구단인 LA 에인절스에서 근무했던 촉망받는 스카우터에서 야알못 스카우트 팀장으로.

'독한 야구' 진행자에게서 맹비난을 들은 제임스 윤의 표정도 굳어져 있었다.

'너무하네.'

슬슬 부아가 치밀었지만, 송이현은 팟 캐스트 방송을 끄지 않았다.

뒷이야기가 궁금했기 때문이었다.

"이번 트레이드는 청우 로열스 프런트와 한창기 감독이 불협화음을 내고 있다는 증거라고 할 수 있습니다. 자, 아까 제가 청우 로열스에 현재 가장 영입이 필요한 포지션은 두 곳이라고 말했습니다. 내야수, 그리고 불펜투수였죠. 그럼 왜 이 두 포지션의 선수 영입이 필요하느냐? 그건 한창기 감독이 계획하고 있는 팀 운영 로드맵 때문입니다. 올 시즌 한창기 감독이 지휘봉을 잡은 청우 로열스의 현재 순위는 다들 아시다시피 리그 최하위입니다. 난국도 이런 난국이 없죠. 그래서 과연 한창기 감독이 팀을 운영하는 로드맵이 있긴 하냐? 이런 의심의 눈초리를 던지는 분들이 많지만, 분명히 한창기 감독은 로드맵을 갖고 있습니다. 다만 한창기 감독이 너무 무능해서 그 로드맵이 드러나지 않는 거죠."

'대단하네.'

송이현이 혀를 내둘렀다.

자신과 제임스 윤을 비난하는 데서 끝나지 않았다.

이번에는 한창기 감독이 비난의 대상에 올랐다.

'이걸 계속 들어야 해?'

송이현이 고민하는 사이, '독한 야구' 진행자의 이야기가 이어졌다.

"한창기 감독이 갖고 있는 로드맵은 불펜야구입니다. 허약한 선발진과 빈약한 타선으로 인해 고심하던 한창기 감독이 찾아낸 해답이죠. 그런데 불펜야구라는 로드맵이 제대로 구현되지 않는 이유는 청우 로열스의 수비가 허술하기 때문입니다. 특히 내야 수비가 허술한 편이니, 투수들이 호투를 할 수가 없습니다. 내야땅볼을 유도해도 안타가 되는 경우가 잦거든요. 이것이 제가 수비 실력이 출중한 내야수 영입이 우선되어야 한다고 말씀드렸던 이유입니다. 그리고 불펜투수를 영입해야 한다고 했던 이유는 군이 더 설명을 드릴 필요가 없겠죠? 한창기 감독이 불펜야구를 구상하고 있는데 당연히 수준급 불펜투수가 필요할 테니까요. 그런데 정작 청우 로열스 프런트는 임건우 선수를 영입하기 위해서 괜찮은 불펜투수를 트레이드 카드로 써버린 거죠."

'이게 맞는 이야기인가?'

송이현이 표정을 굳혔다.

'독한 야구' 진행자의 비난이 너무 과해서 화가 난 것이 아니었다.

지금 진행자가 하고 있는 이야기가 과연 사실인가가 궁금해진 것이었다.

'들었던 것 같아.'

한창기 감독을 청우 로열스의 감독으로 선임했지만, 그와 긴 이야기를 나눈 적은 없었다.

그가 송이현 단장과의 만남을 불편해했기 때문이었다.

"불펜야구를 해볼 생각입니다."

그렇지만 한창기 감독이 얼핏 불펜야구를 할 거란 청사진을 입에 올렸던 것은 기억이 났다.

'내가 실수한 건가?'

해서 송이현이 퍼뜩 실수한 게 아닐까 하는 생각을 떠올렸을 때였다.

"아쉽게도 시간이 다 됐네요. 앞으로 손발이 전혀 맞지 않는 청우 로열스 프런트와 한창기 감독이 또 어떤 삽질을 할지 주목해 보는 것도 재미있을 것 같습니다. 그럼 다음 시간에 다시 독하게 돌아오겠습니다."

팟 캐스트 방송 '독한 야구'가 끝났다.

송이현이 고개를 돌려 제임스 윤을 바라보았다.

"어떻게… 생각해요?"

"실망스럽네요."

제임스 윤이 대답했다.

"그냥 헛소리로 치부해도 되죠?"

송이현이 다시 물은 순간, 제임스 윤이 고개를 흔들었다.

"헛소리가 아닙니다."

"하지만 아까 분명히 실망스럽다고……."

"방송 내용에 실망했던 게 아닙니다."

"그럼?"

제임스 윤이 한숨을 내쉬며 덧붙였다.

"제 자신에게 실망했던 겁니다."

*　　　　*　　　　*

"이래도… 될까요?"

팟 캐스트 방송인 '독한 야구'의 녹음을 마친 박건이 조심스럽게 물었다.

"뭐가 마음에 걸리는데?"

"너무 독하게 이야기한 게 아닌가 해서요."

"별로 독하지도 않아."

"하지만……."

"이 정도는 독해야 인기를 얻지."

'괜히 독설가가 아니었어.'

속으로 혀를 내두르던 박건이 다시 물었다.

"그런데 잘한 걸까요?"

"또 뭐가?"

"송이현 단장에게 '독한 야구'에 대해 알려준 것이요."

박건이 마음에 걸리는 이유.

멘트 중에 송이현 단장과 제임스 윤, 그리고 한창기 감독이 언급됐기 때문이었다. 그리고 단순히 언급만 된 것이 아니었다.

야알못이란 표현까지 써가면서 독하게 비난했다.

송이현 단장과 제임스 윤도 머잖아 이 방송을 듣게 될 터.

당연히 방송을 듣고 나면 기분이 안 좋을 것이었다. 그래서 '독한 야구'에 대해서 알려준 게 실수가 아닐까 하고 박건이 우려했을 때였다.

"일부러 알려줬어."

"홍보하려고요?"

"아니, 들으라고."

이용운이 담담한 목소리로 덧붙였다.

"송이현 단장은 열정이 있어. 제임스 윤은 스카우터로, 그리고 한창기는 감독으로서 능력이 있어. 그렇지만 따로국밥처럼 전혀 섞이지 못해. 이 사실을 알려주고 싶어서 '독한 야구'에 대해 알려준 거야."

"그걸 왜 선배님이 알려주시는 겁니까?"

"다들 모르니까."

"그러니까 왜요?"

"뭐가?"

"선배님이 굳이 청우 로열스 팀에 신경을 쓰실 필요는 없지 않습니까?"

이용운은 사람이 아니라 귀신이었다.

또, 청우 로열스와는 특별한 인연도 없었다.

그래서 박건이 의아한 표정을 지었을 때, 이용운이 당연하다는 듯이 대답했다.

"돈 벌어야지."

"……?"

"오억 말이다."

＊　　　　＊　　　　＊

팟 캐스트 방송인 '독한 야구'의 고정 청취자 수는 88명.

이용운의 기대에는 한참 미치지 못하는 숫자였다.

'이게 아닌데.'

그로 인해 초조한 마음이 드는 것은 사실이었다.

'독한 야구'가 인기를 끌면 꽤 많은 돈을 벌 수 있을 거란 기대
가 어긋났기 때문이었다.

그렇지만 팟 캐스트 방송인 '독한 야구'를 접을 생각은 없었
다.

이용운이 '독한 야구'를 시작한 데는 인기를 끌어모아 돈을 버
는 것 외에도 한 가지 목적이 더 있었기 때문이다.

"봉황의 깊은 뜻을 참새가 어찌 알겠냐?"

그냥 했던 말이 아니었다.

이용운이 '독한 야구'를 시작한 데는 깊은 뜻이 숨어 있었다.

바로 송이현 단장과 제임스 윤이 자신의 방송을 듣고서 청우
로열스 구단 운영에 도움을 받길 원한 것이었다.

'결국 돈 때문이긴 하지.'

청우 로열스가 올 시즌 한국시리즈에서 우승한다면?

옵션이 충족되면서 박건은 오억 원을 수령할 수 있게 된다.

6 대 4의 비율로 수익을 배분하기로 했으니, 이용운은 오억 중 이억을 손에 쥘 수 있는 것이었다.

이용운의 입장에서는 자신의 꿈을 펼칠 종잣돈이 될 이억 원 이 꼭 필요한 상황.

그 목적을 이루기 위해서는 청우 로열스가 한국시리즈에서 우 승해야 했다.

그렇지만 리그 최하위를 달리고 있는 지금 청우 로열스의 상 태로는 한국시리즈 우승이 가능할 리 없었다.

그래서 이용운은 '독한 야구'를 통해서 송이현 단장과 제임스 윤이 구단을 운영하는 데 도움이 되도록 충고를 하려는 것이었 다.

"설익었어."

이용운이 한숨을 내쉬었다.

송이현 단장은 야구를 좋아했다.

또, 청우 로열스 팀을 맡아서 한국판 '머니볼'을 구현해 보겠다 는 열정도 강했다.

그렇지만 이상과 현실은 다른 법.

열정만으로는 성공할 수 없었다.

제임스 윤은 수준급 스카우터였다.

특히 선수의 잠재력을 보는 눈이 무척 뛰어났다.

무명 선수인 박건의 가능성을 단숨에 알아보고 청우 로열스로 영입했던 것이 그가 선수 보는 눈이 뛰어나다는 증거였다.

그렇지만 제임스 윤은 주로 미국에서 활동했었다. 그래서 한국 야구에 대한 이해가 부족한 편이었다.

자연히 선수 영입 과정에서 잡음이 발생하고, 실수가 나올 수밖에 없었다.

이것이 아까 이용운이 설익었다고 표현했던 이유.

그렇지만 팟 캐스트 방송인 '독한 야구'를 듣고 자신들의 실수를 깨닫는다면?

앞으로 '독한 야구'를 더 열심히 청취하면서 구단 운영에 대한 해법을 찾아낼 수 있을 것이었다.

'일단 초석은 마련한 셈인가?'

이용운이 희미한 미소를 머금었을 때였다.

"진짜 이래도 되는지 모르겠습니다."

박건이 불안한 기색을 감추지 못한 채 입을 뗐다.

"대체 뭐가 그리 불안한 거냐?"

이용운이 묻자, 박건이 대답했다.

"언젠가 들통날까 봐서요."

"뭐가 들통이 난다는 거냐?"

"'독한 야구'의 진행자가 저라는 것 말입니다. 이렇게 두루 깠는데 나중에 제가 진행자였다는 사실이 알려지면?"

박건이 흠칫 신형을 떨며 대답했다. 그러나 이용운은 대수롭지 않게 대꾸했다.

"내가 한 거라고 말해."

"그 말을 누가 믿어주겠습니까? 귀신이잖습니까?"

"그렇긴 하네. 그럼 들키지 않는 수밖에."

"세상에 영원한 비밀은 없지 않습니까?"

박건은 여전히 불안한 기색을 감추지 못했다. 그렇지만 이용운은 그 부분에 대해 더 깊이 고민하지 않았다.

더 중요한 일이 있었기 때문이었다.

"지금 그걸 신경 쓸 때가 아니다. 더 중요한 건 후배가 선수로서 성공할 수 있는가 여부지."

"별문제 없지 않습니까?"

청우 로열스로 이적 후에 줄곧 1군에 머무르면서 주전 좌익수 자리를 꿰찬 상황.

이것이 박건이 심드렁한 목소리로 대꾸한 이유였다.

그러나 이용운의 판단은 달랐다.

"짬뽕 맛있다고 헤벌쭉거리다 보면 선수 생활 오래 못 한다. 이래서 메이저리그에 진출할 수 있겠어?"

"그래서 짬뽕 끊었습니다."

박건이 억울한 표정으로 대답한 순간, 이용운이 덧붙였다.

"그걸로는 부족해."

"그럼 또 뭘 해야 합니까?"

이용운이 대답했다.

"루틴을 지켜야 하지."

*　　　　*　　　　*

청우 로열스 VS 마경 스왈로우스.

양 팀의 3연전 첫 경기를 앞두고 선발 라인업이 발표됐다. 그리고 선발 라인업을 확인한 박건의 표정이 굳어졌다.

'없다.'

선발 라인업 명단에서 자신의 이름이 빠졌다는 것을 확인했기 때문이었다.

박건이 선발 출전했던 좌익수 포지션에는 대승 원더스에서 트레이드되어 청우 로열스로 이적한 임건우가 명단에 이름을 올리고 있었다.

"내가 그랬잖아. 아직 주전 자리를 확보한 게 아니라고."

그때, 이용운이 말했다.

"한창기 감독은 후배를 그리 탐탁잖게 생각한다니까. 그런 상황인데 마침 송이현 단장과 제임스 윤이 실력이 검증된 외야수 자원인 임건우를 덜컥 영입해 줬어. 한창기 감독은 이때다 싶어서 널 선발 라인업에서 제외한 거지."

이용운의 설명을 듣던 박건이 더욱 표정을 굳혔을 때였다.

"너무 신경 쓸 것 없어. 어차피 프로선수는 선수 생활이 끝날 때까지 주전 경쟁을 피할 수 없으니까."

이용운은 신경 쓸 것 없다고 잘라 말했다.

그렇지만 박건은 담담할 수 없었다.

1군 무대에서 주전 좌익수 포지션을 차지한 것.

박건의 입장에서는 큰 성과였다.

그런데 확보했다고 판단했던 주전 자리를 다시 빼앗긴 순간, 지독한 상실감이 밀려들었던 것이다.

불행 중 다행인 것은 이용운의 존재였다.

"오히려 지금의 상황이 후배에게 더 나을 수도 있다."

"지금 위로해 주시는 겁니까?"

"후배도 이제 알지 않느냐? 내가 누군가를 위로해 줄 정도로 따뜻한 성품의 소유자가 아니라는 걸."

"그럼 왜 지금 상황이 더 낫다는 겁니까?"

이용운이 대답했다.

"든 자리는 몰라도 난 자리는 표가 나거든."

＊　　　＊　　　＊

딱.

임건우가 때린 타구는 높이 솟구쳤다.

내야를 간신히 벗어난 타구는 마경 스왈로우스의 2루수가 여유 있게 처리했다.

본인의 플레이가 마음에 들지 않는 걸까.

더그아웃으로 돌아가던 임건우가 고개를 절레절레 흔들었다.

"이걸로 10타수 무안타로군."

청우 로열스와 마경 스왈로우스.

양 팀의 3연전 가운데 첫 1, 2경기는 마경 스왈로우스의 승리로 끝이 났다. 그리고 3연전 마지막 경기도 마경 스왈로우스가 한 점 차로 앞서고 있었다.

1—2.

8회 말 청우 로열스의 공격이 진행되고 있는 현재 스코어였다.

무사 1, 2루의 추격 찬스가 찾아왔지만, 찬스에서 타석에 들어섰던 임건우는 내야플레이로 물러났다.

진루타조차 만들어내지 못한 임건우의 타격이 마음에 들지 않는 걸까.

고개를 절레절레 흔들고 있는 한창기 감독을 힐끗 살핀 박건이 물었다.

"부진이 길어지네요."

트레이드를 통해 청우 로열스로 이적한 임건우는 바로 주전 자리를 꿰찼다. 그렇지만 임건우는 지난 두 경기에서 팬들의 기대에 미치는 활약을 펼치지 못했다.

두 경기에서 7차례 타석에 들어섰지만 모두 범타를 기록했고, 오늘 경기에서도 3타수 무안타를 기록하고 있었다.

"좋냐?"

그때, 이용운이 물었다.

"그게 무슨 말씀이십니까?"

"굴러온 돌이 박힌 돌을 빼낸 것처럼 네 자리를 빼앗은 임건우가 부진하니 좋냐는 뜻이다."

말뜻을 이해한 박건이 쓰게 웃었다.

"좋지 않습니다."

"왜 안 좋아?"

"임건우 선수가 얼마나 마음고생이 심할지 알고 있으니까요."

트레이드를 통해 임건우가 청우 로열스에 합류한다는 소식이 들린 후, 팬들의 기대치는 무척 높았다.

그렇지만 임건우는 그 기대에 부응하는 활약을 펼치지 못하고 있었다.

지금 누구보다 힘든 것은 경기에 출전하고 있는 임건우라는 사실을 같은 선수인 박건은 알고 있었다.

"또, 임건우 선수가 부진한 것은 청우 로열스 팀 입장에서도 마이너스 요인이니까요."

해서 박건이 대답하자, 이용운이 다시 넌지시 물었다.

"그래도 주전 경쟁을 펼치고 있는 임건우가 부진한 것이 조금은 좋지 않으냐?"

"아주 조금 그런 마음이 드는 것은 사실입니다."

이용운의 추궁에 더 버티지 못하고 박건이 대답한 순간이었다.

"그런 마음이 드는 게 당연한 거다. 나도 마찬가지니까."

그 이야기를 들은 박건이 의아한 표정을 지었다.

"선배님이 왜 좋으신 겁니까?"

"임건우가 부진해야 내가 했던 말이 사실이란 걸 송이현 단장과 제임스 윤도 깨달을 테니까."

"고작 그런 이유로……."

"그리고 팔은 안으로 굽는 법이니까."

"……?"

"후배와 나는 영혼의 파트너이지 않느냐?"

'영혼의 파트너란 표현은 좀…….'

박건이 마뜩잖은 표정을 지었을 때였다.

"준비해라."

"뭘 준비하란 겁니까?"

이용운이 대답했다.

"영웅이 될 준비."

*   *   *

부우웅.

6번 타자 구창명이 힘껏 휘두른 배트는 허공을 갈랐다.

"스트라이크아웃."

임건우에 이어서 구창명까지.

적시타는커녕 진루타조차도 만들어내지 못하고 타석에서 물러난 순간이었다.

"나이스."

이용운이 소리쳤다.

"왜 나이스란 겁니까?"

"혼자 죽었으니까."

"네?"

"구창명이 병살타를 때리지 않을까 걱정했었는데 다행히 삼진을 당한 덕분에 후배에게 기회가 찾아왔다."

이용운의 말대로였다.

"박건, 대타자로 나간다."

한창기 감독이 대타자로 출전하라는 지시를 내렸다.

'비록 선발 라인업에서는 빠졌지만, 대타자들 중에는 1옵션이로군.'

대타자로 출전할 준비를 하며 박건이 희미한 웃음을 머금었다. 그렇지만 박건은 이내 입가에 떠올렸던 미소를 지웠다.

'기회가 왔을 때 잡아야 해.'

대타자로 출전할 수 있는 기회가 찾아왔을 때, 그 기회를 살려야 했다.

그래야 한창기 감독과 팬들에게 강렬한 인상을 남길 수 있었으니까.

"밥상은 푸짐하게 차려졌다."

그때, 이용운이 잔뜩 흥이 난 목소리로 말했다.

'푸짐하지는 않은데?'

박건이 대타자로 출전하는 상황.

2사 1, 2루 상황이었다.

내심 만루 상황에서 출전하는 게 아니라서 아쉽다는 생각을 박건이 품었을 때였다.

"새로 팀에 합류한 임건우가 헤매고 있는 상황이다. 이런 상황에서 후배가 대타자로 출전해서 기회를 살린다면 어떻게 되겠느냐? 확실히 비교 우위가 되지 않겠느냐? 이게 내가 밥상이 푸짐하게 차려졌다고 말했던 이유다."

박건이 천천히 고개를 끄덕였다.

프로선수 생활을 하는 동안은 주전 경쟁을 피할 수 없다. 그리고 지금 주전 경쟁에서 우위를 점할 수 있는 좋은 기회가 찾아와 있었다.

그러나 의욕이 넘친다고 해서 결과까지 좋을 수는 없었다.

박건이 타석을 향해 걸어가면서 마운드에 서 있는 닐슨 카메론을 노려보았다.

마경 스왈로우스의 선발투수로 출전한 닐슨 카메론의 투구수는 91개.

만약 이번 위기를 넘긴다면, 완투승도 노릴 수 있을 정도로 투구수 관리가 잘된 편이었다.

'완투승을 노리고 있을 거야.'

이렇게 판단한 박건이 말했다.

"빠르게 승부 할 것 같습니다."

"서당 개 삼 년이면 풍월을 읊는다더니, 좀 늘긴 했구나."

이용운의 이야기를 들은 박건이 슬쩍 미간을 찌푸렸다.

'그냥 좀 늘었다고 해도 될걸.'

이용운은 굳이 서당 개를 대화에 끌고 들어와서 사람의 기분을 상하게 만들었다. 그렇지만 박건은 이내 찌푸렸던 미간을 폈다.

'하루 이틀 겪는 일도 아니잖아.'

인간은 적응의 동물.

서서히 독설가 이용운의 독한 멘트들에 적응이 되기 시작했다.

그때, 이용운이 덧붙였다.

"그런데 틀렸다."

"뭐가 틀렸다는 겁니까?"

"닐슨 카메론이 완투승을 노리고 후배와의 대결에서 빠른 승부를 펼칠 거라는 예상이 틀렸단 뜻이다."

"하지만……."

"닐슨 카메론에 대해 잘 모르지?"

마경 스왈로우스의 2선발을 맡고 있는 외국인 투수.

150㎞대 초반의 강속구와 싱커가 주 무기인 우완 정통파 투수.

박건이 닐슨 카메론에 대해 알고 있는 정보였다.

"올 시즌에 닐슨 카메론은 한 번도 완투나 완봉을 한 적이 없다. 방어율은 3점대 후반. 꽤 높은 편이지. 그런데 여기서 주목해야 할 게 있다."

"뭘 주목해야 합니까?"

"닐슨 카메론의 방어율이 높아진 이유지."

"……?"

"6회 이전까지 닐슨 카메론의 방어율은 2점대 초반이다. 그렇지만 6회 이후에는 방어율이 5점대 후반으로 치솟았지. 이게 뭘 의미하는 것 같으냐?"

"체력이… 떨어진 겁니까?"

"정답이다. 투구수가 늘어나면 체력이 떨어지고 자연히 구위도 줄어든 것이 경기 후반에 방어율이 치솟은 이유지."

박건이 고개를 끄덕였다.

경기 초중반과 후반, 닐슨 카메론의 방어율 차이가 극심하다는 데이터를 바탕으로 꺼내놓는 분석이니 신뢰하지 않을 수 없었다.

그때, 이용운이 말을 이었다.

"마경 스왈로우스의 최성훈 감독도 이 데이터에 대해서 알고 있다. 7회부터 불펜투수들을 준비시킨 게 그가 데이터에 대해 알고 있다는 증거이지."

이용운의 말처럼 마경 스왈로우스 불펜에서는 두 명의 투수가 일찌감치 몸을 풀며 출격 준비를 하고 있었다.

그렇지만 박건은 의문을 품었다.

고작 1점 차.

8회에도 마운드에 오른 닐슨 카메론이 무사 1, 2루의 위기에 몰렸음에도 최성훈 감독은 투수 교체를 단행하지 않았다.

이미 닐슨 카메론의 경기 후반 방어율이 치솟는다는 데이터를 알고 있음에도 불구하고, 최성훈 감독이 투수 교체를 단행하지 않은 것에 의문이 든 것이었다.

"그걸 다 알면서도 최성훈 감독은 왜 아직까지도 닐슨 카메론을 마운드에 내버려 둔 겁니까?"

"불펜을 아끼고 싶어 하거든."

"……?"

"마경 스왈로우스는 중앙 드래곤즈와의 3연전에서 매 경기 치열한 접전을 펼쳤다. 3연전 마지막 경기는 12회까지 연장승부를 펼쳤지. 당연히 불펜투수들의 소모가 극심했기 때문에, 최성훈 감독은 불펜투수들을 아끼고 싶은 거고. 그래서 닐슨 카메론으로 아직까지 끌고 온 거다."

"그럼 제가 닐슨 카메론이 마지막으로 상대할 타자가 될 확률이 높은 거군요."

"맞다. 그리고 닐슨 카메론도 그 사실을 알고 있다.

"그래서 저와 신중하게 상대할 거라고 말씀하신 거군요."

비로소 이해한 박건이 타석으로 들어섰다.

슈악.

닐슨 카메론이 던진 초구는 슬라이더.

스트라이크존을 살짝 빠져나가는 슬라이더를 박건이 참아냈다.

"볼."

그리고 2구째.

슈악.

닐슨 카메론이 선택한 구종은 싱커였다.

바깥쪽 낮은 코스로 파고든 싱커는 예리했다. 그렇지만 박건은 이번에도 배트를 내밀지 않고 지켜보기만 했다.

"유인구 위주의 투구를 할 거야."

이용운의 충고가 있었기 때문이다.

'이번엔 스트라이크를 넣을 거야.'

박건이 이렇게 판단한 이유.

만약 사사구를 허용한다면, 최성훈 감독이 투수 교체 결단을 내릴 가능성이 높기 때문이었다.

그 사실을 누구보다 잘 알고 있는 닐슨 카메론은 불리한 볼카운트를 유리하게 가져가기 위해서 노력할 터였다.

"스트라이크를 던질 거다. 구종은 바깥쪽 직구."

슈아악.

이용운의 예상대로였다.

따악.

박건의 배트가 매섭게 돌아갔다.

날카로운 타격음과 함께 타구는 1루수의 키를 넘기고 날아갔다. 그렇지만 타구는 1루 측 라인 선상을 간발의 차로 벗어났다.

"파울."

아쉬운 표정으로 타석으로 돌아오던 박건이 닐슨 카메론을 힐끗 살폈다.

하마터면 동점 내지 역전 적시타를 허용할 뻔했던 닐슨 카메론의 당황한 표정이 보였다.

그리고 4구째.

슈악.

닐슨 카메론은 싱커를 던졌지만, 박건은 속지 않았다.

3볼 1스트라이크.

'직구!'

타자에게 유리한 볼카운트.

슈악.

닐슨 카메론이 직구를 던질 거란 확신을 품은 채, 박건이 배트를 힘껏 휘둘렀다.

부우웅.

그러나 박건의 배트는 허공을 가르고 지나갔다.

'슬라이더?'

닐슨 카메론이 선택했던 구종이 직구가 아니라 슬라이더였다는 사실을 뒤늦게 깨달은 박건이 물었다.

"혹시 알고 계셨습니까?"

"뭘 말이냐?"

"5구째로 직구가 아닌 슬라이더가 들어올 것 말입니다."

"당연히… 몰랐다."

"……?"

"알았다면 얘기해 줬겠지. 나도 어떤 구종이 들어올지 감을 잡지 못했다. 그래서 침묵하고 있었던 거였어."

이용운의 대답을 들은 박건이 다시 질문했다.

"아까 공, 볼이었습니까?"

예전이었다면 주심에게 확인했으리라.

그렇지만 지금은 그럴 필요가 없어졌다.

이용운이 있기 때문이었다.

"볼이었다."

유인구에 속았다는 사실을 알게 된 박건이 아쉬운 표정을 지었다.

만약 참았다면, 볼넷을 얻어 출루할 수 있을 것이다. 그러나 이용운의 생각은 달랐다.

"잘했다."

오히려 유인구에 속아 헛스윙을 한 박건을 칭찬했다.

"왜 잘했다는 겁니까?"

"덕분에 영웅이 될 수 있는 기회가 여전히 남아 있으니까. 준비해라. 몸쪽 직구가 들어올 거다."

"확실합니까?"

"100% 확신은 할 수 없지만, 확률은 높다. 닐슨 카메론은 허를 찌르려고 할 테니까."

'허를 찌른다?'

박건이 속으로 그 말을 되뇌일 때, 이용운이 덧붙였다.

"지금까지 닐슨 카메론은 후배와 바깥쪽 승부만 펼쳤다. 결정적인 순간 몸쪽 승부를 하기 위한 포석이었을 확률이 높지."

충분히 일리가 있는 이야기.

그래서 박건이 신중한 표정으로 타석에 들어섰다.

풀카운트에서 닐슨 카메론이 이를 악물고 6구째 공을 뿌렸다.

슈아악.

'몸쪽 직구.'

이용운의 예측이 적중했다.

박건의 허를 찌르기 위해서 닐슨 카메론은 몸쪽 직구를 던졌다. 그리고 몸쪽 직구를 기다렸던 박건이 망설이지 않고 배트를 휘둘렀다.

따악.

경쾌한 타격음이 울려 퍼졌다.

손바닥에 전해지는 묵직한 울림을 느끼며 박건이 1루를 향해 내달렸다.

와아.

와아아.

타구의 궤적을 살피는 대신 전력 질주 하던 박건의 귓가에 관중들이 내지르는 환호성이 들려왔다.

'넘어갔다.'

그 환호성을 듣고 박건이 홈런이 됐다고 판단한 순간, 이용운의 목소리가 들려왔다.

"축하한다, 영웅이 된 것을."

제10장

최종 스코어 4—2.

대타자로 출전한 박건의 역전 스리런홈런 덕분에 청우 로열스는 연패에서 벗어났다. 그리고 아직 끝이 아니었다.

청우 로열스는 오랜만에 연승을 달렸다.

2차전 8—6.

3차전 3—1.

마경 스왈로우스와의 3연전을 모두 쓸어 담으며 스윕을 거둔 것이었다. 그리고 3연승을 내달리는 과정에서 박건은 모두 결승타를 때려냈다.

세 경기 모두 대타자로 출전한 박건은 마경 스왈로우스와의 3연전 1차전에서는 역전 결승 스리런홈런을 때렸다.

2차전에서는 6—6 동점에서 7—6으로 역전을 만드는 적시타를 때려냈다. 그리고 3차전에서는 1—1 동점 상황에서 3—1로 리드를 벌리는 2타점 2루타를 기록했다.

「굴러들어 온 복덩이? 박건의 활약으로 청우 로열스가 올 시즌 첫 3연승 가도를 달리다.」

당연히 박건의 활약상은 주목을 받았고, 이번 활약 덕분에 팬들의 관심도 늘어났다.

—얘는 누군데 잘함?
—쓸모없는 돌멩이를 주워온 줄 알았는데, 알고 보니 원석이었음.
—청우 로열스는 박건 혼자 야구함.
—무능한 감독 놈아. 박건 대타로 쓰지 말고, 선발 출전시켜라.

듣보잡이라고 박건을 무시했던 팬들은 반성한다는 댓글을 스스로 남겼고, 마경 스왈로우스와의 3연전에 모두 대타자로 출전했던 박건을 선발 출전시키라는 요구도 빗발쳤다.
그렇지만 청우 로열스의 좋았던 분위기는 오래가지 않았다.

＊　　　　＊　　　　＊

여울 데블스와의 3연전 첫 경기.
청우 로열스는 선발투수로 출전한 팀의 2선발이자 외국인 투수인 라이언 벤슨이 일찌감치 무너졌다.

1회에 3점, 2회에 3점을 잇따라 내준 라이언 벤슨은 2회를 마치지 못하고 강판됐다. 그리고 청우 로열스 타선은 무기력했다.

여울 데블스의 선발투수인 짐 모리스에게 완벽하게 봉쇄된 타선은 7회까지 1점을 뽑아내는 데 그쳤다.

1—8.

7회가 끝났을 때의 스코어였다.

이어진 8회 초 여울 데블스의 공격.

무사 1루 상황에서 여울 데블스의 2번 타자인 여호령이 타석에 들어섰다.

따악.

그는 이대원의 초구를 제대로 받아쳤다.

좌익수 앞으로 향하는 라인드라이브성 타구.

좌익수 앞에서 뚝 떨어지는 안타가 될 것처럼 보였지만, 임건우는 타구를 기다리지 않았다.

빠르게 앞으로 대시하면서 슬라이딩캐치를 시도했다.

과감한 수비 시도.

그렇지만 타이밍이 조금 늦었다.

임건우가 슬라이딩을 하며 뻗은 글러브는 타구의 낙구 지점에 살짝 미치지 못했다. 그리고 임건우가 뒤로 빠뜨린 타구는 펜스까지 굴러갔다.

타다닷.

1루 주자가 여유 있게 홈으로 들어왔다.

타다다닷.

그리고 타자주자인 여호령도 빠른 발을 자랑하면서 3루 베이스 근처에 도착했다. 그런 그는 3루에서 멈추지 않았다.

펜스까지 데굴데굴 굴러가던 타구를 일찌감치 확인한 여호령은 속도를 줄이지 않은 채 3루 베이스를 통과해서 홈을 노렸다.

백업을 들어갔던 중견수 이필교가 던진 송구가 유격수 구창명에게 도착했다.

구창명이 지체하지 않고 던진 홈송구는 정확했다.

쐐애액.

탁.

여호령이 헤드퍼스트슬라이딩을 시도하며 쭉 뻗은 왼손이 홈플레이트에 닿은 것과 포수의 태그가 이뤄진 것.

거의 동시였다.

"세이프."

그렇지만 주심은 간발의 차로 여호령의 손이 홈플레이트에 닿은 것이 태그보다 빨랐다고 판단해서 세이프를 선언했다.

'비디오판독.'

그 일련의 과정을 지켜보던 박건이 비디오판독을 떠올렸다.

비디오판독을 통해서 판정이 뒤집힐 가능성이 충분할 정도로 홈승부가 접전이었기 때문이다.

그러나 경기가 이미 기울었다고 판단했기 때문일까.

한창기 감독은 비디오판독을 요청하지 않았다.

대신 답답한 표정으로 고개를 절레절레 흔들었다.

한창기 감독이 비디오판독을 포기하면서, 그대로 여호령의 그라운드홈런이 선언된 순간이었다.

우우.

우우우.

청우 로열스 홈 팬들의 야유 소리가 흘러나왔다. 그리고 입이 근질거리는 것을 간신히 참고 있던 이용운이 마치 기다렸다는 듯이 해설을 시작했다.

"명백한 본헤드플레이였습니다. 좌익수로 출전한 임건우 선수의 의욕이 과했어요. 그리고 임건우 선수가 이렇게 의욕이 과한 플레이를 펼친 이유는 평정심을 잃었기 때문입니다. 경기에 출전해서 뭔가를 보여줘야 한다는 부담감과 초조함이 어이없는 본헤드플레이가 나온 이유죠."

그 해설에 귀를 기울이던 박건도 입을 뗐다.

"슬럼프가 길어지네요."

23타수 1안타.

트레이드를 통해서 청우 로열스에 합류했던 임건우는 그동안 꾸준히 선발 라인업에 이름을 올렸다.

그러나 그의 활약상은 미비했다.

스물세 차례 타석에 들어섰지만, 안타를 기록한 것은 단 하나뿐이었다.

지독한 타격 슬럼프.

그리고 오늘 경기에서는 타석에서만 부진했던 게 아니었다.

수비에서도 본헤드성 플레이를 범했다.

임건우에게 많은 기대를 가졌던 청우 로열스 홈 팬들이 경기 중에 야유를 쏟아낸 것이 그의 플레이에 실망했다는 증거였다.

홈 팬들의 야유에 충격을 받은 걸까.

아니면, 본인의 플레이에 실망한 걸까.

임건우는 고개를 푹 떨구고 있었다.

'힘들 거야.'

박건도 한때 홈 팬들의 야유를 받았던 적이 있었다. 그래서 지금 임건우의 심정이 어떨지 충분히 짐작이 가능했다.

결국 박건이 참지 못하고 입을 뗐다.

"제가 도울 수 있는 게 없을까요?"

그 말이 끝나기 무섭게 이용운이 말했다.

"요새 좀 살 만한가 보구나."

"네?"

"오지랖을 부리는 걸 보니 여유가 생긴 것 아니냐?"

박건이 쓴웃음을 지은 채 대답했다.

"같은 팀 동료니까요."

"그래서 돕고 싶다?"

"네."

"현재로서는 방법이 없다."

잠시 후, 이용운이 말했다.

"스스로 슬럼프를 극복하는 수밖에 없다."

＊　　　＊　　　＊

「임건우의 길어지는 부진. 청우 로열스 팬들도 실망하고 분노했다.」

태블릿피시를 통해서 기사를 살피던 송이현이 한숨을 내쉬었다.

임건우의 영입 소식을 들었던 청우 로열스 팬들이 환영과 환호를 보냈던 것이 불과 얼마 전이었다.

그렇지만 정확히 일주일 만에 상황은 백팔십도 바뀌었다

—윈윈 트레이드는 개뿔.

—대승 원더스가 괜히 임건우를 내준 게 아님. 하자를 감췄음.

—임건우 돌려보내고 조용호 다시 데려와 주십시오.

—단장 이하 프런트들. 야알못이면 가만히 있기나 해라.

기사 하단 댓글들은 임건우에 대한 비난 여론이 대부분이었다.

—하여간 냄비 근성 쩔어요. 청우 로열스로 팀 옮기고 이제 겨우 여섯 경기했다. 좀 느긋하게 기다려 줘라.

간혹 임건우에게 새로운 팀에 적응할 시간을 줘야 한다는 댓글도 달리긴 했지만, 극히 일부분일 뿐이었다.

당연히 트레이드로 임건우 영입을 주도했던 송이현도 난처한 상황에 처했다.

"평생 먹었던 욕보다 청우 로열스 단장으로 부임한 후에 먹은 욕이 더 많아요. 덕분에 오래 살겠네요."

송이현이 한숨을 내쉬며 하소연하자, 제임스 윤이 회답했다.

"단장직을 맡은 보람이 있네요. 축하드립니다."

"뭐요?"

송이현의 목소리가 뾰족해졌다.

트레이드를 통해서 임건우를 영입하자고 제안했던 장본인이 바로 제임스 윤이었다. 그렇지만 지금 제임스 윤은 임건우의 부진이 마치 본인과 아무런 상관도 없는 사람처럼 편안한 표정이었다.

그런 제임스 윤의 반응이 송이현의 빈정을 상하게 만든 것이었다.

"지금 농담할 때가 아니잖아요?"

"어차피 다시 무를 수도 없지 않습니까?"

"그렇긴 하지만……."

"다행히 반타작은 했지 않습니까?"

"반타작요?"

"임건우 선수 영입은 실패했지만, 박건 선수 영입은 성공했으니까요."

송이현이 단장으로 부임한 후, 청우 로열스에 새로 영입한 선수는 두 명.

박건과 임건우였다.

그 두 명 가운데 박건의 영입은 성공적인 영입으로 평가받고 있기 때문에 제임스 윤이 반타작은 성공했다고 표현한 것이었다.

"차라리 시간을 좀 주는 게 어떻겠습니까?"

"누구에게요?"

"슬럼프에 빠져 있는 임건우 선수 말입니다."

"하지만……."

제임스 윤의 제안을 들은 송이현이 난색을 드러냈다.

임건우를 트레이드를 통해 영입한 목적은 즉시전력감으로 활용하기 위해서였다.

만약 임건우를 슬럼프 때문에 앞으로 경기에서 제외한다면, 송이현은 영입 실패를 자인하는 것이나 마찬가지였다.

그게 마음이 걸린 송이현이 대답을 미룬 채 입을 뗐다.

"못 믿겠어요."

"누굴 못 믿겠단 겁니까?"

"제임스 윤요."

놀란 표정을 짓던 제임스 윤이 물었다.

"왜 저를 못 믿으시는 겁니까?"

"반타작밖에 못 했으니까요."

"매번 영입에 성공할 순 없습니다."

제임스 윤이 억울한 표정으로 항변했다.

그렇지만 송이현은 딱 잘라 말했다.

"제가 제임스 윤에게 기대했던 것은 팔 할 이상의 성공 확률이었거든요."

"그건… 불가능합니다."

제임스 윤이 고개를 절레절레 흔들며 대답한 순간, 송이현 역시 고개를 흔들며 입을 뗐다.

"제임스 윤과 임건우 선수, 비슷한 상황인 것 같네요."

"……?"

"적응에 실패해서 일시적인 슬럼프에 빠진 것 같아요."

대승 원더스에서 청우 로열스로.

트레이드를 통해 소속 팀을 옮기게 된 임건우는 예상치 못했던 부진에 빠지며 슬럼프를 겪고 있었다.

바뀐 팀 분위기와 새로운 동료들, 그리고 팬들의 높아진 기대치 등등.

여러 가지 달라진 부분들로 인해 적응에 애를 먹는 것이었다.

제임스 윤도 엇비슷했다.

미국 야구와 한국 야구.

스카우터로서의 능력만큼은 의심의 여지가 없었지만, 미국 야구와 한참 다른 한국 야구에 적응하기 위해서 제임스 윤에게는 시간이 더 필요하단 생각이 들었다.

"절 못 믿으신다면 다른 대안이 있습니까?"

제임스 윤이 던진 질문에 송이현이 웃으며 대답했다.

"대안을 모색해 보죠."

*   *   *

"선수, 감독, 프런트, 그리고 팬들까지. 거침없이 모두 까는 방송, '독한 야구'를 시작하겠습니다. 청취자분들도 느끼셨겠지만, 오늘 제 말투가 무척 빠릅니다. 그리고 제 말투가 빨라진 이유는 오늘 방송에서 드리고 싶은 말씀이 무척 많기 때문입니다."

'진짜 말이 빨라졌네.'

지난번과 비교하면 '독한 야구' 진행자의 말투가 훨씬 빨라져 있다는 생각을 하며 송이현이 계속 방송에 귀를 기울였다.

"우선 경기 결과부터 살펴볼까요? 청우 로열스와 여울 데블스의 3연전 첫 경기. 청우 로열스가 4연승을 거두길 바라는 분들이 많았겠지만, 결과는 제가 예상했던 대로 청우 로열스의 패배로 끝났습니다. 1—11. 최종 스코어를 통해 알 수 있듯이 청우 로열스의 완패였죠. 그리고 이 경기를 지켜보셨던 청우 로열스 팬들이 가장 아쉬움을 느낀 부분은 두 가지일 겁니다. 하나는 임건우 선수의 끝을 알 수 없는 슬럼프, 그리고 나머지 하나는 박건 선수가 출전하지 않은 것일 겁니다."

송이현이 두 눈을 빛냈다.

'정확하네.'

진행자가 방금 입에 올렸던 두 가지 부분.

송이현이 가장 아쉬워했던 부분들이었기 때문이다.

"자, 우선 임건우 선수의 길어지는 슬럼프에 대해서 얘기를 해 보겠습니다. 23타수 1안타. 청우 로열스로 이적한 후에 임건우 선수가 타석에서 남긴 성적입니다. 처참할 지경이죠? 그런데 현시점에서 더 주목해야 하는 것은 타석에서의 부진이 아니라 임건우 선수가 범했던 수비 실책입니다. 여울 데블스 여호령 선수가 기록했던 그라운드홈런을 만들어준 것은 임건우 선수의 결정적인 본헤드성 플레이였습니다. 그동안 타석에서는 부진했지만, 수비에서는 팬들의 기대대로 견고한 모습을 보였던 임건우 선수가 왜 지난 경기에서는 실책을 범했을까요? 지금 임건우 선수가 느끼고 있는 압박감이 그만큼 크기 때문입니다. 코칭스태프가, 또 팬들이 나한테 이렇게 기대를 하고 있는데 왜 이렇게 타석에서 안타가 안 나오지? 뭐라도 해야 하는데. 타석에서 안타는 못 때리니까 호수비라도 해야겠다. 이런 심리 상태가 임건우 선수가 수비 실책을 범했던 이유이고, 그만큼 조급하다는 증거입니다. 그럼 깊은 슬럼프에 빠져 있는 임건우 선수를 어떻게 해야 할까요?"

'예상보다 더 심각하다. 제임스 윤의 말처럼 적응할 시간을 줘야 하나?'

송이현이 표정을 굳히면서 막 이렇게 생각한 순간이었다.

"임건우 선수에게 새로운 팀에 적응할 수 있는 시간을 주는 게 좋지 않겠느냐? 야구 전문가들은 이런 의견이 대다수입니다. 그렇지만 저는 그 의견에 동조하지 않습니다. 왜냐하면 청우 로열스의 목표는 가을야구에 참가하는 것이니까요."

'어떻게 알았지?'

송이현이 두 눈을 크게 떴다.

"청우 로열스의 올 시즌 목표는 가을야구 참가입니다."

단장 취임 후, 송이현이 밝혔던 목표였다.

그렇지만 그 목표에 귀를 기울인 사람은 거의 없었다.

청우 로열스의 전력이 약하다고 판단했기 때문이었다. 그리고 실제로 청우 로열스는 현재 리그 최하위에 처져 있었다.

자연스레 청우 로열스가 가을야구에 참가할 거라는 기대를 품고 있는 사람들은 거의 없는 상황이었다.

그런데 '독한 야구'의 진행자는 청우 로열스 단장인 송이현이 품고 있는 올 시즌 목표를 정확히 알고 있었다.

'누구지?'

해서 송이현이 '독한 야구' 진행자의 정체에 대해 호기심을 느꼈을 때였다.

"물론 이런 얘길 한다면 비웃는 사람들이 많을 겁니다. 그렇지만 청우 로열스의 올 시즌 목표가 가을야구에 참가하는 것임은 확실합니다. 그리고 청우 로열스는 몇 가지 약점만 메울 수 있다면 충분히 가을야구에 진출할 수 있는 저력을 갖추고 있는 팀입니다. 방금 제가 말씀드린 약점 가운데 하나가 바로 임건우 선수의 활용 방안입니다. 최대한 빠른 시간 안에 임건우 선수가 슬럼프에서 빠져나와야만 청우 로열스가 반등할 수 있기 때문입니다. 그래서 제가 찾아낸 해법은……."

'해법이 대체 뭐지?'

'독한 야구' 진행자가 찾아낸 해법이 뭘까?

송이현이 귀를 쫑긋 세우고 있을 때, 해법이 흘러나왔다.

"공존입니다."

＊　　　　＊　　　　＊

청우 로열스를 연패에서 구해냈던 역전 3점 홈런을 때려낸 영웅.

연승을 이어나가는 견인차 역할을 했던 리그 최고 수준의 대타자.

박건에 대한 평가였다.

팬들은 물론이고, 전문가들도 박건에 대해 주목하게 된 계기가 됐던 좋은 활약상.

그렇지만 박건은 별 차이를 느끼지 못했다.

숙소 밖으로 나갈 일이 거의 없어서 인지도가 상승했다는 것을 깨달을 수 없었던 것이다.

충분한 수면을 취하고 일어나 개인 훈련을 한 후, 팀 훈련에 참가하고, 다시 개인 훈련을 하는 것.

박건의 일상이었다.

예전에 비해서 훈련 강도가 세지거나, 훈련량이 갑자기 늘어난 것은 아니었다.

달라진 것은 개인 훈련이 좀 더 체계적이고 규칙적으로 변한 것이었다.

"루틴을 지켜라."

그리고 하루도 빼놓지 않고 규칙적인 시간에 개인 훈련을 하는 이유는 이용운의 충고 덕분이었다.

티끌 모아 태산.

이용운이 했던 충고였다.

하루도 빼놓지 않고 꾸준히 하는 개인 훈련이 당장 효과를 내지는 못하지만, 루틴을 꾸준히 지키면서 개인 훈련을 하다 보면 훗날 분명히 효과가 있을 거라고 이용운은 장담했다.

"헉. 헉."

박건이 런닝에 이어진 하체 훈련을 마친 후, 가쁜 숨을 몰아쉬고 있을 때였다.

"힘들어?"

이용운이 물었다.

"버틸 만합니다. 그런데 하체 훈련을 하는 이유는 뭡니까?"

"크게 두 가지 이유다. 우선 하체의 힘이 받쳐줘야 장타를 칠 수 있기 때문이다."

"나머지 하나의 이유는요?"

"밸런스를 잡기 위해서이다. 상체에 비해 하체가 부실한 편이거든. 상체와 하체의 밸런스가 잡히고 나면 많은 것이 달라질 거다."

박건이 수긍한 표정으로 고개를 끄덕일 때, 이용운이 말했다.

"그리고 한 가지 이유가 더 있지만, 그건 나중에 알려주마."

'또 다른 이유가 뭘까?'

호기심이 치밀었지만, 박건은 묻지 않았다.

설령 그에 대해서 질문한다고 하더라도 이용운이 대답해 주지 않을 것임을 알고 있었기 때문이다.

그때, 이용운이 다시 말했다.

"오늘 경기에서는 선발 라인업에 포함될 거다."

그 예상을 들은 박건이 놀란 표정을 지으며 물었다.

"그럼 임건우 선수가 빠지는 겁니까?"

현재 청우 로열스의 외야 세 자리는 임건우와 이필교, 조두철이 지키고 있었다.

이필교와 조두철이 무난한 활약을 펼치고 있는 상황.

청우 로열스로 이적한 후 극심한 슬럼프에 빠져 있는 임건우 선수가 선발 라인업에서 제외될 가능성이 높다고 판단한 것이었다.

"여전히 걱정되는가 보지?"

"동지애가 느껴져서인가 봅니다."

"동지애?"

"저와 마찬가지로 시즌 중에 청우 로열스로 이적했으니까요."

박건이 대답한 순간이었다.

"동지가 아니라 포지션 경쟁자지."

이용운이 코웃음을 치며 지적했다.

"그렇긴 하지만……."

"그런데 상황이 변했다."

"무슨 상황이 어떻게 변했다는 겁니까?"

"임건우가 더 이상 후배의 포지션 경쟁자가 아니게 됐다는 뜻이다."

무슨 뜻일까.

박건이 제대로 이해를 못 했을 때, 이용운이 덧붙였다.

"임건우는 우익수로 출전할 테니까."

*   *   *

'좌익수가 아니라 우익수로 출전한다고?'

놀란 표정을 짓던 박건이 물었다.

"갑자기 왜 좌익수가 아닌 우익수로 출전하는 겁니까?"

"후배와 나 때문이다."

"……?"

"일단 널 더그아웃에 방치하기는 아까우니까."

'표현 참.'

박건이 한숨을 내쉬었다.

간혹 대타자로만 출전시키기에는 너무 아까운 인재이다.

이렇게 표현해도 충분할 텐데.

이용운은 군이 방치라는 표현을 사용해서 사람의 빈정을 상하게 만들었다.

'이것도 재주다. 재주.'

박건이 속으로 생각할 때, 이용운이 덧붙였다.

"그리고 내 조언을 송이현 단장이 들었으니까."

그 이야기를 들은 박건이 의아한 표정을 지었다.

이용운은 사람이 아니라 귀신이었다.

그런 이용운의 모습을 볼 수 있는 사람은 아무도 없었다.

또, 이용운의 이야기를 들을 수 있는 것은 박건뿐이었다.

그런데 어떻게 송이현 단장에게 조언을 할 수 있단 말인가?

해서 박건이 불신 어린 시선을 던질 때, 이용운이 입을 뗐다.

"'독한 야구'를 들었을 거다."

"그럼……?"

"공존, 기억하지?"

'독한 야구'의 진행자는 박건이었다. 그리고 박건은 진행을 할 때, 이용운이 알려주는 멘트들을 틈날 때마다 곱씹는 편이었다.

이용운이 일러줬던 멘트들을 곱씹으며 생각하다 보면 야구에 대한 지식과 이해가 깊어졌기 때문이었다.

그래서 박건은 '공존'이란 해법을 잊지 않고 기억하고 있었다.

'임건우를 우익수로 돌리고, 박건을 좌익수로 출전시켜라. 그럼 새로 영입한 두 선수를 공존시키며 시너지효과를 낼 수 있다. 이렇게 말했었지?'

박건이 당시에 했던 멘트를 떠올린 후 물었다.

"정말 한창기 감독이 임건우 선수를 우익수로 출전시킬까요?"

"분명히 그렇게 할 거다."

"어떻게 확신하시는 겁니까?"

"한창기 감독은 손해 볼 게 없으니까."

"손해 볼 게 없다는 게 무슨 뜻입니까?"

"'독한 야구'를 들은 송이현 단장은 본인이 책임을 질 테니 임건우 선수를 계속 경기에 출전시키라고 지시했을 거야. 한창기 감독 입장에서도 임건우는 꼭 필요해. 임건우가 슬럼프에서 벗어나야만 빈약한 청우 로열스의 타선이 살아날 가능성이 보이니까. 그리고 임건우를 우익수로 출전시키는 대신에 너를 좌익수로 출전시키는 것도 나쁠 게 없지. 팬들과 전문가들이 후배를 대타자로만 기용하는 한창기 감독의 용병술에 대해서 불만을 쏟아내고 있는 상황이거든."

이용운의 설명을 들은 박건이 고개를 끄덕였다.

한창기 감독은 프런트와 관계가 껄끄러워지는 것을 꺼리는 입장.

송이현 단장의 부탁을 들어주면서, 팬들의 불만도 해소할 수 있는 상황이니 밑져야 본전인 셈이었다.

그러니 이용운의 말처럼 임건우와 자신을 동시에 선발 라인업에 이름을 올려 출전시킬 공산이 컸다.

하지만 여전히 한 가지 문제는 남아 있었다.

과연 임건우가 슬럼프에서 빠져나올 수 있는가 여부였다.

그런 박건의 생각을 읽었을까.

"우익수로 출전하는 게 임건우의 슬럼프 탈출에 도움이 될 거다."

이용운이 장담했다.

"왜 우익수로 출전하는 게 임건우 선수의 슬럼프 탈출에 도움이 된다는 겁니까?"

"익숙한 포지션이거든."

외야수 자원이긴 했지만, 대승 원더스 소속 선수일 당시 임건우는 주로 우익수로 출전했었다.

그렇지만 우익수로 출전하는 것이 슬럼프 탈출에 큰 도움이 될 것 같진 않았다.

"고작 그 정도로 슬럼프 탈출을……."

해서 박건이 못 미더운 표정을 지었을 때였다.

"고작이 아니다. 좌익수가 아닌 우익수로 출전하는 것은 현재 임건우에게는 큰 도움이 된다. 확 바뀐 팀 분위기, 익숙하지 않은 유니폼과 홈구장, 그리고 어색한 동료들과 한층 높아진 팬들의 기대치까지. 지금 임건우는 무척 혼란스러운 상황이다. 그런 상황에서 낯선 좌익수 대신 익숙한 우익수로 출전하는 것은 불안한 임건우의 마음을 조금 안정시켜 줄 테니까. 그리고 하나 더. 후배가 임건우의 슬럼프 탈출을 도와야 한다."

"제가요?"

"그래. 괜한 오지랖만 발휘하지 말고 행동으로 임건우를 도와라."

"그러니까 어떻게요?"

이용운이 대답했다.

"야구를 잘해서."

*　　　*　　　*

청우 로열스 VS 여울 데블스.

양 팀의 3연전 2차전 경기를 앞두고 한창기 감독이 선발 라인업을 발표했다.

(청우 로열스 선발 라인업.)

1. 고동수.

2. 박건.

3. 양훈정.

4. 앤더슨 쉴즈.

5. 백선형.

6. 이필교.

7. 구창명.

8. 김천수.

9. 임건우.

Pitcher. 권수현.

'선발 라인업에 복귀했네.'

한창기 감독이 발표한 선발 라인업을 확인한 박건이 두 눈을 빛냈다.

이용운의 예상대로 박건은 다시 선발 라인업에 복귀해 있었다. 그리고 임건우 역시 마찬가지였다.

또 하나 주목할 점은 타순 변화였다.

선발로 출전할 경우, 주로 9번 타순에 포진됐던 박건은 2번 타순에 포진됐다. 그리고 청우 로열스로 이적 후 5번 타순에 포진됐던 임건우는 오늘 경기에서 9번 타순에 들어섰다.

"잘했네."

박건이 타순 변화를 확인하고 있을 때, 이용운이 말했다.

"임건우를 9번 타순으로 내린 것 말이야."

"그게 왜 잘한 겁니까?"

"중심타선에 포진된 것과 9번 타순에 들어서는 것. 중압감이 많이 다르거든. 임건우는 부담을 좀 덜었을 거야."

이용운의 설명대로였다.

중심타선에 포진했을 때는 타석에 섰을 때 부담감과 중압감이 더 클 수밖에 없었다.

청우 로열스로 이적 후 가뜩이나 적응에 어려움을 겪고 있는 임건우의 입장에서는 9번 타순에 포진되면서 타석에서 느낄 부담을 좀 덜었으리라.

"그리고 경각심이 들 거야. 벌써 9번 타순까지 밀렸구나. 이러다가 진짜 선발 라인업에서 제외될 수도 있겠구나 하는 생각이 들 테니까."

이용운이 덧붙인 설명을 들으며 박건이 고개를 끄덕일 때였다.

"임건우를 위한 배려는 충분히 해준 셈이다. 이제부터는 후배의 역할이 중요하다."

"경기 초반이 중요하단 말씀이시죠?"

"잘 아네."

박건이 각오를 다지며 입을 뗐다.

"맡겨주십시오."

*   *   *

1회 말, 청우 로열스의 공격.

여울 데블스의 서유석 감독이 내세운 선발투수는 안유진이었다.

작년 드래프트에서 여울 데블스의 지명을 받은 후, 올 시즌 선발 로테이션에 합류한 안유진은 신인이었다.

2승 2패, 방어율 4.18.

현재까지 안유진이 거두고 있는 성적이었다.

신인 드래프트에서 1순위로 지명됐던 안유진에게 여울 데블스 팬들이 거는 기대는 무척 컸었다.

그런 팬들의 기대에는 미치지 못하는 조금 아쉬운 성적이었지만, 선발투수로서 가능성을 인정받기에는 충분했다.

'140km대 후반의 평균 구속을 기록하는 빠른 직구와 커브, 그리고 슬라이더. 세 구종을 주로 사용하고 특히 슬라이더의 각이 예리한 선수.'

박건이 대기타석에 선 채 안유진에 대한 정보를 떠올렸을 때였다.

슈아악.

안유진이 청우 로열스의 리드오프인 고동수를 상대로 초구를 던졌다.

"스트라이크."

주심이 스트라이크를 선언한 순간, 박건이 전광판을 살폈다.

'151㎞?'

초구로 던진 직구 구속이 151㎞인 것을 확인하고 박건이 놀랐을 때였다.

슈악.

안유진이 2구를 던졌다. 그리고 고동수는 지체 없이 배트를 휘둘렀다.

따악.

잘 맞은 타구는 투수의 곁을 스치며 빠르게 내야를 빠져나갔다.

무사 1루.

고동수가 중전안타를 때려내서 출루한 후, 박건이 타석으로 들어섰다.

"제구가 안 돼."

이용운이 꺼낸 이야기를 들은 박건이 작게 고개를 끄덕였다.

고동수에게 중전안타를 허용했던 안유진의 2구째 구종은 슬라이더였다.

포수는 바깥쪽으로 빠져 앉아 있었지만, 안유진이 던졌던 슬라이더는 가운데로 몰리는 실투였다.

"일단은 공을 좀 보자."

"알겠습니다."

이용운이 덧붙인 충고를 들은 박건이 대답했다.

오늘 박건은 9번 타순이 아니라 2번 타순에 포진됐다.

즉, 테이블세터 임무를 부여받은 것이었다.

테이블세터로 출전한 1번 타자와 2번 타자의 가장 큰 임무는 출루를 해서 득점 찬스를 많이 창출하는 것이었다.

그렇지만 다른 임무도 있었다.

바로 투수와 끈질기게 승부 해서 대기타석과 더그아웃에서 지켜보고 있는 동료들에게 투수의 공에 대한 정보를 많이 알려주는 것이었다.

슈아악.

그때, 안유진이 셋 포지션으로 초구를 던졌다.

바깥쪽 직구.

"볼."

주심은 낮았다고 판단해서 볼을 선택했다.

'149km? 공은 빠르네.'

슈아악.

안유진이 선택한 2구도 역시 바깥쪽 직구였지만, 1구 때보다 더 낮게 들어왔다.

"볼."

주심은 역시 볼을 선언했고, 안유진은 고개를 갸웃했다.

2볼 노 스트라이크.

불리한 볼카운트에서 안유진이 3구를 던졌다.

슈악.

"스트라이크."

몸쪽 낮은 코스로 스트라이크존을 통과한 커브에 주심의 손이 올라갔다.

'커브는 좋다.'

타석에서 공을 지켜보던 박건이 감탄했을 정도로 커브의 제구와 종으로 떨어지는 무브먼트는 완벽했다.

이어진 4구째 공.

슈악.

안유진이 선택한 공은 슬라이더였다.

"볼."

한가운데로 들어왔지만, 한참 높았다.

3볼 1스트라이크.

타자에게 유리한 볼카운트가 된 순간, 이용운이 말했다.

"커브를 노려라."

이용운의 충고를 들은 박건이 의아한 표정을 지었다.

직구와 커브, 슬라이더.

안유진이 실전에서 사용하는 구종은 셋이었다.

그 세 가지 구종 가운데 가장 완벽하게 제구되는 것이 커브였다. 그런데 슬라이더나 직구가 아니라 커브를 노리라고 이용운이 충고했기 때문에 의아함을 품은 것이었다.

그러나 이용운은 더 이상 부연 설명을 하지 않았다.

슈악.

잠시 후, 안유진이 5구째 공을 던졌다.

'커브!'

몸쪽 코스로 들어오는 커브를 확인한 박건이 힘껏 배트를 휘둘렀다.

따악.

경쾌한 타격음과 함께 타구는 좌익수 방면으로 날아갔다. 그리고 3루 측 라인 선상 안쪽에 떨어진 타구는 펜스 근처까지 굴러갔다.

타다닷.

1루 주자였던 고동수가 3루에서 멈춰 서는 것을 확인한 박건이 달리던 속도를 줄이며 여유 있게 2루에 안착했다.

그런 박건이 안유진을 힐끗 살폈다.

경기 시작과 함께 연속안타를 허용한 안유진은 당황한 기색이 역력했다.

"볼넷."

그리고 안유진은 제구에 어려움을 겪으면서 청우 로열스의 3번 타자 양훈정에게 사사구를 허용했다.

무사 만루.

절호의 찬스에서 타석에 들어선 것은 4번 타자 앤더슨 쉴즈였다.

딱.

안유진의 초구를 공략한 앤더슨 쉴즈의 타구는 유격수 앞으로 굴러가는 내야땅볼.

다행인 것은 빗맞은 탓에 타구 속도가 무척 느렸다는 점이었다.

여울 데블스의 유격수는 병살플레이를 노렸지만, 타자주자인 앤더슨 쉴즈는 간발의 차로 1루에서 세이프가 선언됐다.

그사이, 3루 주자였던 고동수가 홈으로 들어오며 청우 로열스는 비교적 손쉽게 선취점을 올리는 데 성공했다.

'오랜만이네.'

3루 베이스 위에 올라선 채 박건이 희미하게 웃었다.

청우 로열스가 선취점을 올린 게 무척 오래간만이라는 생각이 들어서였다. 그리고 아직 찬스는 끝이 아니었다.

1사 1, 3루의 득점 찬스가 이어지고 있었다.

5번 타자 백선형은 안유진의 3구째 슬라이더를 공략했다. 그러나 배트 끝부분에 걸린 타구는 멀리 뻗지 못했다.

여울 데블스의 우익수인 배상우가 낙구 지점을 예측하고 원래 수비위치에서 약 다섯 걸음가량 전진했다.

'어렵다.'

3루 주자인 박건이 타구의 궤적을 살피면서 태그업을 시도하는 건 너무 무모하다고 판단했을 때였다.

"뛰어라."

이용운이 소리쳤다.

"너무 위험할 것 같은데……."

"날 믿고 뛰어라."

"하지만……."

"설명할 시간 없어. 지금이다. 뛰어."

'에라, 모르겠다.'

우익수 배상우가 타구를 잡아낸 순간, 박건이 태그업을 했다.

타다닷.

홈으로 전력 질주 하면서도 박건은 홈승부에 대한 확신이 없었다.

"지금!"

이용운의 목소리를 들은 박건이 헤드퍼스트슬라이딩을 시도했다.

쭉 뻗은 박건의 오른손이 홈플레이트를 터치한 순간, 어깨에 포수의 미트가 닿았다.

'내가 빨랐다!'

박건이 확신하며 고개를 돌렸다.

"세이프."

주심의 판단도 박건과 같았다.

그때, 포수가 재빨리 2루로 공을 송구했다.

2루 베이스를 향해 달려가던 앤더슨 쉴즈가 도중에 몸을 돌려서 다시 1루로 귀루하는 모습이 보였다.

그러나 늦었다.

송구를 받은 2루수가 앤더슨 쉴즈를 쫓다가 1루로 송구했고, 런다운에 걸린 그는 이내 태그되며 아웃 됐다.

"공수교대."

주심이 공수교대를 선언한 순간, 이용운이 혀를 차며 말했다.

"쯧쯧, 엑스맨 천지로구만."

*　　　　*　　　　*

3회 말 청우 로열스의 공격.

두 점 차로 앞서고 있는 청우 로열스의 선두타자는 임건우였다.

초구 파울, 2구에 헛스윙을 한 임건우는 금세 타자에게 불리한 볼카운트로 몰렸다.

그리고 3구째.

슈악.

안유천은 임건우의 의표를 찌르듯 빠르게 승부를 가져갔다.

낙차 큰 커브가 몸쪽 코스로 파고든 순간, 임건우가 움찔했다.

"스트라이크아웃."

주심이 스트라이크를 선언하면서 루킹삼진을 당한 임건우가 고개를 절레절레 흔들며 더그아웃으로 걸어 돌아왔다.

그때, 이용운이 말했다.

"엑스맨들 덕분에 안유진이 살아났다."

그 이야기를 들은 박건이 고개를 끄덕였다.

1회 말 안유진은 제구에 난조를 겪으며 고전했다.

덕분에 청우 로열스는 무사 만루 찬스에서 두 점을 먼저 뽑아 낼 수 있었다. 그렇지만 아쉬운 결과였다.

추가점을 올릴 수 있는 기회를 이어나갈 수 있었음에도, 앤더슨 쉴즈의 어설픈 주루플레이 때문에 기회를 허공에 날려 버렸기 때문이었다. 그리고 어부지리로 1회 말 위기를 넘긴 안유진은 2회부터 살아났다.

마치 다른 투수가 마운드에 올라온 것처럼 완벽한 제구를 뽐내면서 삼자범퇴로 2회 말을 막아냈고. 3회 말 첫 타자인 임건우도 루킹삼진으로 돌려세웠다.

슈아악.

부우웅.

그리고 안유진은 고동수에게도 헛스윙을 유도하며 연속 삼진 행진을 이어나갔다.

2사 주자 없는 상황에서 박건이 타석으로 들어섰다.

"저 엑스맨들을 다 쓸어버려야 청우 로열스가 우승할 수 있을 텐데."

아쉬움이 큰 걸까.

이용운은 계속 엑스맨 타령을 했다.

"제 타석입니다."

박건이 주지시켜 주고 난 후에야, 이용운은 엑스맨 타령을 멈췄다.

그리고 그가 물었다.

"번트 좀 대냐?"

『내 귀에 해설이 들려』 3권에 계속…